WELCOME TO THE WORLD OF K-BOOKS
K-BOOK PASS
05
ARRIVED

#発言する女性として生きるということ

チョン・ソヨン
李聖和 訳

CUON

#発言する女性として生きるということ

세계의 악당으로부터 나를 구하는 법

This book is published with the support of
the Literature Translation Institute of Korea (LTI Korea).

目次

第一部　信念を軽んじる世界で

第二部

発言する女性として生きるということ

第三部

私たちが物語になるとき

はじめに

本書は、これまで私がさまざまな紙面に寄稿したコラム、エッセイ、解説を集めたものである。コラムとエッセイは、テーマや雰囲気が多少重複する数編を除いてはなるべくすべて載せることにした。韓国社会一般に関するテーマは第一部、フェミニズムに関するテーマは第二部に収録した。その他、拙訳書で書いた訳者あとがきと他の作家の小説に寄せた作品解説は、悩んだ末に数編のみを抜粋して第三部に載せることにした。読者が本書を読んだあと、私が翻訳または解説を手がけた書籍を手に取っていただくきっかけになればと思う。

本書には、私が専業作家として、兼業作家として、そして弁護士として書いたものがまんべんなく収録されている。長きにわたって書いてきたものを改めて読んでみると、文章を書く者として私が言いたいことと、一市民として誰かは言うべきだと思った言葉が幾度も重なっていた。それは幸いなことだと思う。さまざまな紙面で執筆しながら、悪意のある書き込みを目にしたり、見ず知らずの方から励ましの声をいただいたりもした。不思議なことだ。ごくプライベートな話もあれば、当時の社会情勢を色濃く反映したものもある。文章というものを通してここまで率直に自分をさらけ出すということは、やや怖くもあるが、やはり素晴らしいことだと思う。

そんな重みが本書を通じて読者のもとに届き、読者の人生に残ることを願ってやまない。

二〇二一年十一月

チョン・ソヨン

第一部

信念を軽んじる世界で

倫理について

作家兼弁護士になってから、よく訊かれるようになったことがある。「弁護士に転身した理由は?」「凶悪犯も弁護できますか?」「お金はたくさん稼げますか?」といった無難な質問もあるが、いささか答えにくいことを訊かれることもある。なかでもとくに困るのは、「担当した事件をもとに小説を書いたりもするのですか?」という質問だ。

初めてこう訊かれたとき、かなり困惑した。考えたことすらなかったからだ。弁護士は他人のデリケートな紛争を扱い、守秘義務を負う。作家は物語を書く人であり、その物語はいろんな人に読まれる可能性がある。いったい誰が、「仕事の経験を小説に書いています」と言う弁護士に弁護を依頼したいと思うだろうか。質問された当事者として言えるのは、これは弁護士としても作家としても、職業倫理上「はい」と答えることのできない〝詰み〟の質問だということだ。

しかし、何年ものあいだ二つの職業を掛け持ちしているうちに、法曹人や小説家でなければそういうことが気になるのは当然かもしれないと思うようになった。まず、法曹人は発言権の大きい職業だ。文章を書く機会もメディアに出演する機会も多い。一見、事件の事実関係を特定できないように加工しているんだろうなと感じる話は多いが、法曹人でない人にはどういう部分を変えているのかなかなかわからないため、書かれたものだけをみれば、弁護士としての経験を作品にしている人がかなりいるように思うかもしれない。

それに、すべての法曹人が法曹倫理をきちんと守っているわけではない。どの職業もそうであるように、法曹界にも職業倫理にとても敏感な人もいれば、鈍い人もいるのだ。駆け出しの弁護士だった頃、瑞草洞《ソチョドン》のカフェで裁判所の関係者が芸能人の家庭内暴力事件で扱った監視カメラの映像について大声で話しているのを見て、衝撃を受けたことを今でもよく覚えている（この文章もまた事実関係を一部加工したものである）。

作家も同じだ。創作のスタート地点は作家によって異なる。ある人は、外から出発して物語を紡ぎ出す。他人の悲喜劇や社会での経験を材料とした、驚くべき普遍性と完成度を誇る傑作も少なくはない。創作の過程と結果において倫理性を保てるかどうかは、ひとえに作家の力量と判断にかかっているのだが、そこが欠けていたり、そもそも考えていなかったり、ひいては自分の恨みを登場人物を通して解消しているような作品が、この世には実に多いのだ。この二つの現実をかけ合わせた「どこからインスピレーションを得るのですか？」という作家へのお決まりの質問に悪意なき好奇心が少し加われば、「（刺激的な事件をたくさん目にする）弁護士の仕事が物語の材料になっているのですか？」という質問が出てくるのだろう。

私の答えは毎回違う。たいていは「いいえ、とくには」と言うに留める。気難しい弁護士モードの日は「それは法曹倫理に反しますし弁護士資格は大事なので」と答える。疲れた労働者モードの日は「弁護士もただの職業ですから、わざわざほかのところで仕事の話をしたいとは思いませんよ」と言う。そして、今日のように誠実な作家モードのときの答えはこうだ。「小説とは人々の暮らしのなかで、ある経験、感情、関係を発見し再構成することだと思います。でも、弁護士が扱う事件のほとんどは、ある程度進行して凝り固まったしがらみなんです。私にはそれを解決する使命があります。ですから、小説家である私にとって事件は小説の材料になり得ないのです」。

労組が必要な労働弁護士

夫が十七年間の会社員生活に終止符を打ち、主夫となった。きっかけは積弊《せきへい》清算*だった。そのバタフライ効果が夫の会社にまで及んだわけだが、あいだをすっ飛ばして結論だけを話すと、夫の会社でリストラが始まった。

会社に行きたくないというのは夫の口ぐせだったが、それはいつも「でも会社を追い出されるまでは勤めないとね」で終わっていた。私は夫に好きにすればいいと言いながらも、本当に自分ひとりで働く状況を想像したことはなかった。私たちは「会社を追い出される」まで、まだ時間があると思っていた。民間企業だからたぶんあと四、五年くらいだろうが、まさか、それまでは安泰だろ

＊第十九代大統領選挙で文在寅《ムンジェイン》大統領が掲げたスローガン。政府機関や経済、社会に定着した保守政権時代の慣行や不正腐敗（積弊）を正す（清算）ための国政運営を意味する。

う。

その「まさか」が「あれ？」に変わるまで、数か月とかからなかった。

労働弁護士を名乗っていながら、いざ蓋を開けてみるとその夫は、上部の労働組合にすら加入していなかった。「企業別労組だったの？」私は口をあんぐりさせて訊いた。「そんなことあり得る？」もちろん、あり得る話だ。韓国の労組加入率は一割強で、韓国二大労組の民主労総〔全国民主労働組合総連盟〕や韓国労総〔韓国労働組合総連盟〕に加入している勤労者の数は多くない。上部組織がない労働組合の交渉力などたかがしれている。産業別労組や総連盟に加入していても、労使関係において勤労者の力は使用者よりもはるかに劣る。それなのに、まさか企業別労組だったとは。私の事務所に相談に来ていたら「大変残念ですが、訴訟をしても不当解雇を認めさせるのは至難の業ですね。できれば会社側の提案をよく考えてみて、転職先を探すのもひとつの手かと」と言っていただろう。ところがどっこい、その相談者が私の夫なのだ！

リストラの手順は、社員が十人だろうが百人だろうが千人だろうが似たようなものだ。まずは、会社の経営が厳しいという情報が社内に広まる。その話が今度はE-mailで送られてくる。書面による告知が社内の掲示板に貼り出される。希望退職の条件が公示される。その条件の末尾には必ず、退職届の提出期日と、その後の希望退職者募集時には同じ条件を保証できないという文言が添えられている。希望退職届を出す社員が多くなければ、ふたたび告知が行われる。同じ条件を保証できないという文字のサイズが大きくなり、人員削減を行うという内容が加わる。その次は、わりとソフトな個別面談。その次はハードな個別面談だ。会社のほうから指名される社員も出てくる。終日個別面談に呼び出されたり、勤務地からはるか遠く離れた場所に飛ばされる人もいる。この段階から、弁護士を探したり、病院を探したり、退職届を書いたり、抗議デモを行う人も出てくる。勤労者と会社が持つ資源はたいがい不公平だ。ひとつずつ段階を追うごとに、人々は疲弊していく。労働組合があっても上部団体の後ろ盾がなければ個人が長期間耐えられる過程ではない。

夫の場合、希望退職の条件は初っ端から不利だった。当然のごとく、希望退職の意思を表明する社員の数もごくわずかだった。二回目の告知が行われた。月曜日からは面談が始まるらしい。その後の展開は火を見るより明らかだ。法の表現を借りるならば、経営上の理由による解雇が目前に迫っている。リストラは進行するにつれ加速し、激しくなる。資源も足りず、退職する同僚が抜けていくにつれ、勤労者側の人数も減っていくからだ。私は、そのすべての過程を何度も目撃し、代理人として経験してきた。夫が希望退職募集の告知を持って帰ってきたときも、私は労働組合の案件をいくつも受け持っていた。

私たちは争わないことにした。夫は一回目の個別面談に、退職届を持って臨んだ。上司が喜んでいたとか。私は冗談めかして、必死に争った甲斐あって専属のマネージャーができたと夫に言った。

あれから一年、業界によっては新しい時代が拓けたところもあるようだ。しかし、私は相変わらず「残念ですが」「労組はないのですか？」などと言いながら働いている。

十三桁の番号で動く人生

ずっと韓国で暮らしていると、当然として受け入れていたことに、今さらながらあっと驚くときがある。そのうちの一つが、住民登録番号制度だ。[*] 私は生まれたときから住民登録番号があった。前の六桁は生年月日、後ろの七桁は性別と地域コードから成る番号だ。この番号は、住民登録証というカードの形で発行されるのだが、ここには私の顔と指紋といった生体情報と現住所まで載っている。住民登録番号さえわかれば、国は私という人物の誕生日、生物学的性別、容姿、指紋、過去および現在の住所、一緒に暮らしている人まですべて知ることができる。韓国に暮らす韓国人は、皆この番号を持っている。

＊住民登録番号を見れば出生地がわかるため地域差別につながるという意見が根強く、二〇二〇年十月以降に住民登録番号を取得した国民は、十三桁のうち後ろの六桁が任意の番号に改編された。

こんな国は、世界中どこを探しても韓国だけだろう。

韓国の住民登録制度にいちばん近い制度を有する国はイスラエルだが、イスラエルも韓国ほどではない。ほかの国は、情報を細分化し数字をランダムに付与する。その反面韓国は、一人の人間を一つの番号に紐づけ、これを優れた行政力で管理し、さらには情報大国の名にふさわしく電算化まで行った結果、韓国人の個人情報を一国の公共財に作り上げた。

住民登録制度の最大の問題点は、韓国に住む人なら誰もが、自分に紐づけられ、規則に合致した、たった一つの十三桁の番号を持たなければならないということだ。言い換えれば、自分に紐づいた番号が一つ以上だったり、韓国に住んでいなかったり、どんな形であれ違うところがあれば、そもそも韓国のシステムからはじかれる危険にさらされることを意味する。住民登録制度が本格的に導入されたのは一九六八年だ。さほど遠い過去の話ではない。当時生きていた人たちに、一斉に住民登録番号が付与された。全国民に番号をつける作業をするのだから、当然ミスが起こりかねない。

一人の人間に対して住民登録番号が二つ存在する場合がある。たいていの場合、一つは住民登録に、もう一つは家族関係登録簿に紐づいている。一九六八年の一斉登録で生じた問題である可能性が高い。生涯を母親と、その世帯員として暮らしてきたのに、いざ家族関係登録簿を発行してみると、母親がいないという奇想天外な出来事が起こる。本人も知らずに暮らしてきて、相続や老齢年金の申し込みなどをきっかけに、あとから知るといったケースも少なくない。

また、海外同胞の存在も忘れてはならない。韓国の住民登録法では、本来海外の永住権者には住民登録番号が付与されていなかった。混同されがちだが、住民登録は国民登録ではない。韓国人ではなく「韓国に居住している」韓国人に与えられる番号なのだ。そのため、とりわけ韓国籍を有する在日同胞たちは、当初から不便を強いられてきた。日本統治時代に日本に移住し――強制移住が多かった――韓国籍を維持していた在日コリアンは、日本で特別永住権を有している。特別永住権は一度放棄すると再取得できない。日本に暮らしながら、韓国というルーツを守るために国籍を維持している同胞が、母国である韓国に来て何年暮らしても、家庭を築いても、特別永住権を放棄しない限り、住民登録番号の発行を受けられず行政に置き去りにされていたのだ。特別永住権者の数は数十万人に及ぶにもかかわらず、この法が改正されたのはつい数年前のことだ。

もう一つの驚くべき事例は、脱北者だ。脱北者は京畿道安成市《キョンギドアンソン》にあるハナ院［脱北者の定着支援機関］を所在地として住民登録番号が付与されるため、後ろの地域コードがほぼ一律だった。そのため、中国政府が安成市のコードが記載された住民登録番号を持つ韓国人に対し、入国を拒否したり調査するといったことがあった。ただ故郷が安成であるだけの人々が、中国の公安部と対面しなければならないという呆れた出来事が度々起こっていたが、政府が脱北者の住民登録番号の構成を変更して、ようやく解決した。

ほかにも、性別の訂正や個人情報漏えい被害、地域差別の問題があるが、ここには書ききれなかった。このすべての事例は、決して避けることのできない不便さではない。「住民一人＝一つの一連番号」と定めることさえなければ、そもそも起きていなかっただろう。生きている人たちが強いられる苦労より、一連番号の便利さのほうが重要であるはずがなく、また、そうであってはならない。情報が丸裸の番号で国民を管理する国、そして、この制度に飼い慣らされてしまった社会の限界について、考えるべきときではないだろうか。

要領の悪い人種差別国

二〇一八年十二月十四日、国連人種差別撤廃委員会による韓国政府への総括所見が発表された。「あらゆる形態の人種差別撤廃に関する国際条約（人種差別撤廃条約）」は一九六五年に国連で採択された条約で、国際人権規範のうちの一つだ。韓国は一九七九年に批准《ひじゅん》した。

人種差別撤廃条約の締結国は、人種差別撤廃委員会に定期的に国家報告書を提出することになっている。そして、順番に委員会の審議を受ける。委員会は、国家報告書とさまざまな資料を精査し、当事国政府への質問および答弁を経て、その国の人種差別の状況に関する判断と勧告事項を公式に発表するのだが、これが総括所見である。

夏に行われた日本の報告書審議では、日本統治時代の慰安婦および強制労働、在日コリアン差別など、韓国とも関連のある是正勧告が出され韓国でも大きな話題となった。当時は韓国が被害者である案件につき日本政府が弁解したが、今回の韓国の報告書審議では韓国政府が報告と説明に追われることになった。

私は、二〇一二年の韓国審議に市民社会団体の一員として参加した。当時韓国は、人種差別の加重処罰（ヘイトクライム）および差別禁止法制定の勧告を受けた。さらに、移民労働者の人権侵害、暴力的な移民取り締まり、多文化家庭への差別などが問題視された。

あれから六年が経ったが、委員会の勧告には六年前と同じような内容が多々見受けられる。この数年間、韓国では人種差別問題においてとくに進展がなかったということだ。同じ勧告を繰り返し受けることは大変恥ずべきことであり、時間と労力の無駄ともいえる。


それなりの国力を持つ韓国の場合、国内の実情を考えると国際基準を適用するにはハードルが高い、という言い訳も通じなくなる。韓国は前国連事務総長の輩出国であり、人権理事会の理事国でもある。二〇一七年に韓国が拠出した国連分担金は二億三千万ドルだった。国連の主要な分担国であるだけにその地位に見合った責任を負っているのだ。

人権は金に換算できるものではない。しかし、この世にタダはないというのもまた事実だ。韓国は影響力と交渉力のある国になろうと努力している。政府の立場はよくわからないが、国際社会でわざわざ弱小国になりたがる主権国家はないだろう。領土紛争、国家介入、環境規制、貿易制裁や交渉などのさまざまな領域において、各国はそれぞれ望むものがあり、それを得るために力を持とうとする。人権規範の履行もまた、一国の国力であり交渉力となる。当為性を論じるまでもなく実利面だけを見ても、取り組むふりをするだけでもやってみる価値はある。それに、実のところ人権規範は合格ラインがかなり低いため、少し努力するだけで充分良い点数がもらえる分野でもある。

しかし、韓国はまたしても人種差別で赤点を取った。なにより、六年経っても改善できていない問題が山積みだ。依然として韓国では人種差別は犯罪ではなく、加重処罰を受けることもない。暴力的な移民取り締まりをやめるようにと、散々勧告を受けてきたにもかかわらず、二〇一八年八月にまたしてもある移民労働者が、法務部の取り締まりから逃れようとして転落死した。彼は、韓国人に臓器を提供してこの世を去った。売買婚に近い国際結婚によって発生する人権侵害や、人身売買防止法も差別禁止法もないという問題は、人種差別撤廃委員会のほか、さまざまな国連手続きの過程で何度も指摘されており、もはやその文面は不動文字に見えるくらいだ。

それに加えて、未だきちんと解決されていないほかの問題もある。横行する人種差別やヘイト発言、難民に対する大衆の漠然とした恐怖とそれを煽り立てるメディアの報道、普遍的な出生登録制度の不在*など、韓国が国際社会から課された宿題はまたしても増えた。経済力に見合わない人権意

＊ 出生登録は子どもの国籍とその存在を公式に認めるものであり「国連子どもの権利条約」第七条の下に定められている基本的人権だが、韓国では法制化されていない。

識と受け身の政策のあいだで、宿題と減点は増え続ける一方だ。

ある良心のガラショー

ある年の夏、本が届いた。送り主である友人が書いた本だ。その日は、憲法裁判所が良心的兵役拒否者の代替服務制度[1]がない現行の兵役法に憲法不合致決定[2]を下した日だった。本の見返し部分にはこんなメッセージが書かれていた。「接見に来てくれた、母にも会ってくれた、出所時に万年筆を贈ってくれたチョン・ソヨンさんへ」。

彼は、良心的兵役拒否を理由に一年半のあいだ刑務所に服役した。平和主義者だった。私は平和運動の何たるかをよく知らない。ただ、彼が軍隊の代わりに刑務所を選んだという事実にまず驚き、もし入隊するとしても遅い年齢であるうえに高学歴の彼が、これから苦労することを考えると漠然

1 軍に入隊する代わりに、専門研究要員、産業技能要員、乗船勤務予備役などの業務を遂行する制度。
2 実質的には違憲だが社会的混乱を避けるために法が改正されるまでは現行法の効力を認めるもの。

と心配になるのと同時に、自分の友人が良心的兵役拒否者であることが不思議に思えた。その不思議な気分が誇らしく、また申し訳なくもあった。

刑務所に入る前に「ガラショー」をするという。なんとも妙でおかしなイベントだった。おかしすぎて、今でも覚えている。ユーモアたっぷりの招待状に、盛り上がる招待客、すでに刑務所での服役を終えた平和活動家たちが激励の言葉を一言ずつ贈った。ドキュメンタリーを撮る人たちがカメラを抱えて慌ただしく動き回っていた。私も一言話したと思う。友人は、私が今まで見てきたなかで一番たくさん話していた。実に、九枚半に及ぶ兵役拒否の所見書を読み上げたのだ。

私は、彼が兵役拒否を決めた理由を真剣に聞いた。当時は感動したような気もするが、正直に言うと内容はまったく覚えていない。程なくして、市民社会活動家の友人が兵役拒否者の友人のために後援口座を開設した。私は毎月五千ウォンずつ送った。兵役拒否者の友人が仮釈放で出所したあと、その口座は活動家の友人が属する夜間学校の後援用口座になった。

良心的兵役拒否者に対する懲役刑は、長いあいだ一年六か月だった。それよりも懲役刑が短くなると出所後に補充兵役として動員されるため、ふたたび刑務所に入ることのないようにできた奇妙な慣行だ。多くの人々が、そうやって刑務所暮らしをした。友人の公判は私が見た初めての裁判で、永登浦《ヨンドゥンポ》刑務所は私が見た初めての矯正施設だった。弁護士になるまで、その友人は私の知る唯一の前科者だった。その経験に基づいて、永登浦刑務所を背景に一編の小説を書いた。

国際人権活動を始めた当時、代替服務制度の導入は時間の問題だった。代替服務制度は国連の自由権規約に明文化されているだけでなく、ヨーロッパ諸国からアジアは台湾に至るまで、大部分の国ですでに取り入れられている制度であるため、韓国でも導入すべきとの圧力がかなり高まっていた。国連の自由権規約委員会では、韓国の代替服務制度の不備による事件が多数指摘されていた。国内でも良心的兵役拒否に対する第一審無罪判決が増えていたし、当時の大統領の公約にも掲げられていた。憲法裁判所が行っていなければ、法を改正するなりしていつかは導入されていただろう。実利面でも、信念を貫いて刑務所に入るという決断を実行に移せるほどの人を前科者にするよりは、ほかのことをさせたほうがよほど有益ではないか。その後、二〇二〇年十月に代替服務制度が初めて施行されてからも、代替服務者は減るわけでも増えるわけでもなく一定数を保っている。

しかし、「時間の問題」という言葉は「時期尚早」という言葉に限りなく近く、「代替」という言葉は「服務」という単語を簡単に隠してしまい、「良心的」という翻訳語は大勢の人々の良心を刺激する。

友人の著書が届いたのは、憲法裁判所の決定が下される数時間前だった。私は、憲法裁判所の宣告を聞いたあと、友人に「ちょうど今日、本が届いた」とメッセージを送った。友人は、自分の本をあまり熱心に読まないでくれと言った。私は彼の本を熱心に読んだ。ついに受刑者の身分から解放された彼の信念を応援する気持ちで。銃砲と軍服ではない、別の形の勇気を応援する気持ちで。ある種の恩返しを込めて。次なる試練とそれでも訪れるであろう変化の前で決意を新たにする、そんな気持ちで。

ヘイトという選びやすい道

二〇一八年十月、第二回「釜山《プサン》クィアカルチャーフェスティバル」[1]が開催された。同年同月には、光州《クァンジュ》で第一回「光州クィアカルチャーフェスティバル」が開かれた。新型コロナウイルス感染症の拡大により、二〇二〇年は全国八つのうち三つの都市では開催が叶わず、五つの都市でオンライン開催となった。

「クィアカルチャーフェスティバル」「クィアパレード」またの名を「プライド・パレード」と呼ばれるこの行事は、一九六九年にニューヨークで起こったストーンウォールの反乱を記念して一九七

1 性的少数者の総称である「LGBTQ（レズビアン、ゲイ、バイセクシュアル、トランスジェンダー、クィアまたはクエスチョニング）」のQにあたる。元々は「風変わりな」「奇妙な」などを表す同性愛者への侮蔑語であったが、一九九〇年代以降は既存の性のカテゴリに当てはまらない人々を指す言葉として使われている。

〇年にアメリカで初めて行われて以来、今では世界中の至るところで開催されている。セクシュアルマイノリティのアイデンティティと文化を発信し、共に楽しむための催しだ。クィアパレードでは、セクシュアルマイノリティを象徴するレインボーをモチーフとしたさまざまな品物や書籍の展示、販売ブース、セクシュアルマイノリティ関連イベント、セクシュアルマイノリティ人権擁護キャンペーン、レインボーフラッグの行進などが見られる。

そしてクィアパレードには、いわゆる「同性愛嫌悪者《ホモフォビア》」も集まる。もちろん、彼らはどこにでもいる。ソウル駅にも、地下鉄にも、大学のキャンパスにも。しかし、韓国でクィアパレードの規模が大きくなり、ソウル以外の地域でも開催されるようになると、同性愛嫌悪者も表立って出てくるようになった。二〇一八年九月に仁川《インチョン》で開かれた第一回「仁川クィアカルチャーフェスティバル」は、クィアパレードの参加者と反対派の衝突、警察の傍観、デマなどで大混乱になった。釜山でも、大きな衝突はなかったものの、同性愛者がエイズを広めているなどと主張するホモフォビア集団による「リアルラブフェスティバル」が近所で開かれた。

韓国では、セクシュアルマイノリティという概念が充分に理解されておらず、社会での受容度も制度への反映度も低い。トランスジェンダーとクロスドレッサー[2]が混同され、生来の性別の典型から外れる態度や習慣は「男らしくない」とか「女らしくない」と公然と蔑まれ、同性婚はおろか、国連が勧告している「差別禁止法」の制定やセクシュアルマイノリティに限定されない「民事連帯契約（PACS）」の議論も進展がない。進展がないだけならまだいい。現実はそれ以下だ。地方自治体が制定した、性的指向による差別の禁止を求める人権条例案や学生人権条例案[3]が、一部の宗教の組織的な反対によって妨害され、同性愛反対祈禱会が開かれる。「人権に関する国別行動計画（NAP）」からセクシュアルマイノリティの人権項目が完全に削除されるという大きな後退があったのに、嫌悪者たちはそれでも飽き足らず、NAPに「男女平等」ではなく「性の平等」という表現が使われているのだから結局は同性愛合法化計画ではないかと言いながら、血書を書き頭を丸めることまでして強硬に反対した。この社会では、堂々としたヘイトのほうが受け入れられているのだ。

このような現実から韓国のクィアパレードは、セクシュアルマイノリティの人権問題を可視化するという社会運動的な意味合いが大きいといえる。フェスティバルという表現を用いてあえて楽しげな雰囲気を醸し出しているが、実のところなにもめでたいことはない。いくら見たくなかろうが、

2 社会から求められるジェンダーにとらわれず、自分の生まれ持った体の性別とは違う装いをする人のこと。

3 学生の人権は学校の教育課程で実現されるべきとし、学生の尊厳と価値、自由と権利を保障するために制定された韓国各教育庁の条例。条例には、体罰の全面禁止、頭髪や服装の自由などの内容のほかに、性的指向および性自認などを理由とする差別の禁止などが盛り込まれている。二〇一〇年京畿道での公布を皮切りに二〇一一年光州、二〇一二年ソウル、二〇一三年全羅北道へと拡大した。二〇一八〜二〇一九年は慶尚南道で制定される予定だったが、これに反発した三万人の大規模集会によって施行に至らなかった。

いくら「反対」しようが、私たちはここに存在するという現実を直視せよ、という叫び声を上げ続けなければならない限り、このフェスティバルが笑いに包まれることはないだろう。存在を確認するために死に物狂いになるのは、この上なくつらいことなのだ。

「同性愛OUT」というプラカードから「同性愛反対とまではいかないが、好きではない」というヘイト発言に至るまで、セクシュアルマイノリティへのヘイトには、あらゆる強度とバリエーションの行動と表現が選択肢として与えられている。自分はあそこまで悪い人じゃない、というのも簡単だし、反対に、自分はこんなにまっすぐで清廉潔白な人間だ、というのも簡単だ。選択できる行動の幅が広いのだ。

韓国では今、セクシュアルマイノリティへのヘイトを選ぶほうが簡単だ。瀬戸際まで追い詰められて生きていることよりも、耐えきれずに声を上げることよりも、どんな形であれ覚悟を決めてフェスティバルに参加することよりも、レインボーバッジをつけて人混みのなかを歩くことよりも、数えきれないほどのヘイト表現のうちから一つを選ぶほうがずっと簡単なのだ。

もちろん、簡単だから誤った道で、難しいから正しい道というわけではない。しかし、セクシュアルマイノリティへのヘイトは誤った道だ。今日の韓国では、誤っているうえに簡単な、それも、いとも簡単に選べてしまう、そんな道であるだけなのだ。

料金所の上の人たち

うだるような暑さのなか、京釜《キョンブ》高速道路〔ソウルと釜山を結ぶ高速道路〕のソウル料金所の上に設置されたキャノピーテントで高空籠城〔煙突などの高所に立て籠って闘争すること〕を続けている人たちがいる。韓国道路公社に直接雇用を求めている料金所の収受員たちだ。

全国をつなぐ高速道路の建設が進み料金収受という仕事ができたことに伴い、収受員が大量採用された。料金所という明確な仕事場があり、料金の収受と道路整備という業務内容、道路公社という使用者たる管理監督者、交代制に伴う業務時間などが明確に存在する職場だ。

収受員が非正規雇用となったのは、ＩＭＦ〔一九九七年のアジア通貨危機〕によるリストラがきっかけだった。人員削減と非正規雇用への転換が次々と進められた。今はすべての収受員がサービス会社と契約した非正規雇用だ。賃金の滞納、時間外労働手当の未払い、未回収金の自腹負担、セクハラやパワハラなど、非正規雇用の問題はひとつやふたつではない。これらはすべて、高速道路の上で料金の収受、危機管理、道路整備、その他の苦情処理や事故の初期対応にあたる収受員も例外ではない。収受員の給与は最低賃金に準ずるレベルに辛うじて値上げされた程度で、ハイパス［韓国のETCカード］などの新技術の導入に伴い管理や顧客対応業務が増えたにもかかわらず、それに見合った待遇を受けているとはいえない。料金所を通過する際に運転者に浴びせられる暴言やセクハラ発言、使用者であるサービス業者のパワハラにもたびたび遭ってきたが、契約を解除されるかもしれないという不安から問題提起もできなかった。

二〇一三年、収受員約五百人が、韓国道路公社を相手取って地位確認請求訴訟を提起し、勝訴した。簡単に言えば、形だけのサービス会社ではなく、高速道路を管理する韓国道路公社が収受員を直接雇用すべきという判決が下されたのだ。収受員たちは第二審でも勝訴した。ところが、あとは最高裁の判決を待つのみというこの期に及んで、韓国道路公社は「韓国道路公社サービス」という見せかけだけの子会社を設立し、収受員に入社を強要しはじめた。

韓国道路公社サービスは、二〇一九年七月一日に急場しのぎで設立された高速道路通行料の収受業務を専門的に行う会社だ。韓国道路公社は、この新設子会社を韓国道路公社と変わらないと主張しているが、どう見ても、第一審、第二審に敗訴したあと最高裁の判決に備えて、公共機関の正社員化という名目だけのために会社を設立したとしか考えられない。一年間慎重に協議を重ねたと言っているが、二〇一三年から始まり、訴訟期間だけで六年に及ぶ未決事案であることを考えると、一年という時間は充分とは言えないだろう。

このように、子会社という形態で人材管理を分離さえすれば、極端な話、一朝一夕で会社をなくし、すべての収受員を失職させることもできる。そんなことは起こり得ないとは、到底言い切れない。すでに私たちは、司法行政権乱用事件*が絡んでいたKTX乗務員事件という公共部門の最高裁判例を経験しており、現実では解雇でなくとも簡単に廃業する元請け、下請けの人材管理会社やサービス会社を数え切れないほど目撃している。

ましてや韓国道路公社サービスは、まだ公共機関でもない。いったいどんな会社なのかもはっきりわからないのだ。この子会社は料金の収受だけを専門的に行うというが、ならば、収受員は料金の収受以外の一次的な事故対応や高速道路現場における苦情対応はしなくてもいいのだろうか。いくら考えても、仕事というものはそうやって業務領域をきれいに線引きできるものではない。高速道路という空間の特殊性を鑑みれば、収受員の間接雇用によって得られる若干の利益は公共機関の

＊朴槿恵《パククネ》政権時代、最高裁判所（大法院）の裁判や下級審の裁判に不当に関与し、裁判に政治的な考慮が介入したとされる事件。KTX乗務員が韓国鉄道公社を相手に正社員として直接雇用することを求めていた裁判で、朴政権発足前は第一審、二審で勝訴したが、二〇一五年に最高裁で覆された。当時の元大法院長がこの裁判を利用して上告法院設立のために青瓦台（大統領府）と取引を行っていたことが明らかになった。

ものとなり、それによって高まるリスクは高速道路を走る市民が負うことになるという懸念もある。

たいていの場合、高空籠城やストライキは最後の切り札だ。どうしても譲歩できない、いくら考えても不当で我慢ならないことが、このような「強硬闘争」事件となる。契約解除を言い渡された収受員のうち約千五百人が、子会社との契約を拒否した。千五百人。生計の不安にさらされ、政府が強引に推し進めようとしても子会社と契約することだけは頑として拒んだ千五百人の収受員、六年間も訴訟を続け勝利したにもかかわらず、まだ裁判所の判決通り「直接雇用」されていない収受員が、料金所の上で闘っているのだ。

誰かがいた場所

今朝、私は葬儀場にいた。依頼人の家族の葬儀だ。正確には、当該事件の故人の出棺が行われたのだ。上司のパワハラを苦に、遥か遠い異国の海上で首を吊って亡くなった故人は、兵役の代替服務で乗船勤務中[1]だった二十四歳の青年だ。訃報を聞いて弁護士を訪ねてきた依頼人は、たったひとりの弟を亡くした姉だった。

弁護士には二つの訃報がある、ひとつは一般的な訃報。知人や親戚、母校からの報せだ。そしてもうひとつは事件である。ひとりの人生が終わったあとの仕事に弁護士として立ち会うのだ。

1　代替服務制度の一種。乗船勤務予備役制度は航海士と機関士免許を持つ者が物資輸送業務のために海運会社などで乗船勤務を行うもので、服務期間は三十六か月と代替服務のなかでももっとも長い。

法と制度において死は予定されているもので、ある人が去った場所にはだいたいそれに見合う分量の手続きが用意されている。制度は驚かない。法はうろたえない。私は驚きうろたえる依頼人に対して、ある人が去ったあとの場所を冷静沈着に指さす。まるで、毎日そんなことが起きているかのように淡々と振る舞う。

一生知り合うことはなかったであろう人々が映った監視カメラの映像、写真、ビデオを見る。故人の生前の通話内容を聞き、やりとりしたメールやSNSのメッセージを確認し、司法解剖の報告書と写真に目を通す。診療記録を読み、出勤・退勤時間が刻まれたタイムカードの内容をエクセルファイルにまとめる。計り知れないほど深い哀しみに呑まれないように、ひとりもがきながら現実と向き合う。まるで、少しも驚いてなどいないように、少しもうろたえてなどいないように、誰かがいなくなったそのスペースは、ひとり分より決して大きくないのだというように話す。

「では、ひとつずつ進めていきましょう。SNSのメッセージ記録はやりとりしたすべての内容をこうやって丸ごとスクリーンショットで撮ってください。日付が写るように、画面そのままを。録音時間が四十五分？　重要な部分はどこですか？　ひとまず聞いてみて、必要な部分だけ抜き取って提出しましょう。通帳は、見つからなければ結構です。銀行で入出金明細を出してもらえばいいので。国民申聞鼓《シンムンゴ》[2]ですか？　そうですね……」

しかし、死は決して当たり前のものではない。驚くほど、呆れるほど、当たり前のことであってくれと、いっそのことすべてはじめから起こるべくして起こったことであってくれと、切に願ったとしても、決して当たり前のことにはならない。ある人がいなくなりぽっかり穴の空いた場所には、多くのものが出入りする。たいがいは、ひとりの人間の重さよりも重く、ひとりの人間の身体よりも脆く、ひとりの人間の人生よりも深い。それは、いくらでも大きくなる穴だ。だから私は、そうでないふりをする。誰かひとりくらい、そのスペースをちょうどひとり分の大きさで見ることができなければ、その穴はすべての人間を呑み込んでしまうかもしれない。

葬儀はおろか、故人となった弟にもまだ会えぬまま駆けつけた新社会人の彼女は、午前十一時、まだ肌寒い春の日、弁護士事務所で歯を食いしばりながら言った。

「うちの弟のような犠牲者がもう二度と出ないようにしたいんです。そうじゃないとずっと後悔しそうで。制度改善のために私がやるべきことを教えてください。最後までやり遂げます」

目に溜まった涙が今にも零れ落ちようとしたそのとき、電話の音で現実に引き戻された。

「十一階にいらっしゃらないんですか」

2 日本でいう行政相談窓口。韓国のオンブズマン機能を担う国民権益委員会が運営しておりオンラインで国政に関する国民からの提案、要望、苦情などを受け付ける。

彼女の電話越しに宅配員の声が聞こえた。

「ああ、今ちょっと出ていまして。八階に預けてもらえますか。ありがとうございます」

その傍らで私の頭に、昔廃棄した事件の記録、遺族が引き取らず私も捨てることのできなかった遺品、父親を亡くした女の子の一歳の誕生日会などの記憶が浮かんでくる。弁護士として「当たり前のことのように」振る舞っているその合間にも、私は心のなかで見ず知らずの人々に深い哀悼を捧げる。哀しんでいるだけでは問題を解決できない。そう、できない。皆が哀しんでばかりでは。

私は、初めて担当した労災死亡事故の被害者より自分が年をとったという事実に、ふと気付いた。いや、これは嘘だ。私は、自分がその人より年上になった日に、そのことに気付いたのだ。誰かの子どもが二歳になったことを、カレンダーを見た途端、思い出したように。

猫がいなかった夜

私は猫を二匹飼っている。一匹目はソウルの加里峰洞《カリボンドン》からやってきた茶トラ猫だ。梅雨時に道端で雨に打たれて鳴いているところを拾われてうちに来た。二匹目はソウル延南洞《ヨンナムドン》生まれのタキシード猫だ。野良の母猫と一緒に保護猫ボランティアの家に勝手に住み着いて育ったので赤ちゃんの頃から人に慣れており、うちで引き取ることになった（母猫は今も延南洞の家で元気に暮らしている）。

私は一匹目の猫を飼うまで、動物と暮らしたことがなかった。動物を飼いたいと思ったこともなかった。まず、世話をする自信がなかった。私は自分の身の回りのこともきちんとできない人間だ。しかも、ペットはほとんど人よりも寿命が短い。意識と知能のある生き物の死を見届けなければならないことが、なんとなく怖かった。

猫の里親になったのは夫の影響だ。夫は大の猫好きで、数十冊もの猫の写真集と長年大切にしている猫のぬいぐるみ、猫の絵画などを持っており、趣味は猫の動画を見ることだった。両親に反対されて独身時代に猫を飼えなかった夫は、結婚して実家を出ると、私に「猫の洗脳」を始めた。猫が好きでも嫌いでもなかった私は、数年かけてまんまと夫に洗脳され、ついには猫を飼うことに同意した。同意にとどまらず、振り返ってみると猫と一緒に暮らすと決めてからは、面倒な手続きは私の役目という我が家のルールに則って、譲渡契約書も私の名義で書いた。名付け親も私だ。

一匹目の猫と暮らし始めて五年経った。家猫の平均寿命は長くて十五年くらいだという。この子は、野良だった頃に相当苦労したせいか健康状態が芳しくない。どんなに一生懸命世話をしても、平均寿命まで長生きしてくれそうにない。ともかく、それでも前向きに、まだ三分の二は時間が残されているだろうと考えている。

二匹の猫と過ごしながら、私はたくさんのことを学んだ。ほかの生き物の吐しゃ物や糞便を、平気で片付けるようになった。猫だけでなく、ヒョウやライオンといったネコ科の動物の表情がわかる。元々テレビなどはほとんど見ないほうだったが、動物のドキュメンタリー番組は最後まで見る。よその家のペットの写真を見たいがためにSNSもやっている。マンションの規定で犬は飼えないが、保護所で暮らす大型犬の後援活動も行っている。不思議なことに、人間の赤ちゃんを見ても可愛いと思うようになった。夜中でも、遊んでくれ、ご飯をくれ、トイレを掃除してくれと、大声で泣き喚く猫と暮らすうちに、人間の赤ちゃんも愛おしく感じるようになった。長期の旅行や出張も控えている。たまに、動物の毛が服についている人を見て微笑むこともある。趣味の刺繍も、下の子がしきりに糸でじゃれようとするので猫が寝ているときだけするようになった。

先日、ある真夜中のことだった。トイレに起きたとき、リビングの片隅にあるキャットタワーに猫が座っているのが見えた。上の子がたまに体を小さく丸めて眠る場所だ。「あら、こんなところで寝てるの?」と、目をこすりながら近寄ってみると、誰もいない。ブラインドのあいだに差し込む街灯の明かりとひどい近視、夢うつつのせいで見間違えたようだ。

いると思った猫がいなかった場所に佇んで、ふと思った。ああ、いつかはこうやって、いるはずのない猫の姿を家の隅々で目にする日が来るんだろうな。猫を見るという錯覚とほぼ同時に、どこを探してみてもその猫はもういないのだという事実に気付き、なんの生気もない家具をぼうっと見つめる日が。ずいぶん長いあいだ、たぶん、猫と一緒に暮らした期間よりもずっと長いあいだ、そんな錯覚をしょっちゅう目の当たりにするだろう。そのたびに、今のように虚しい気持ちになるのだろう。

猫は、別のお気に入りの場所ですやすや眠っていた。私は見慣れたリビングに立ちすくんで、寝ぼけまなこで少し泣いた。

法に則って答えた日

最高裁がＫＴＸ（韓国高速鉄道）の乗務員とＫＯＲＡＩＬ（韓国鉄道公社）間の勤労契約関係を否定する判決を下したのは、二〇一五年二月二十六日のことだ。いわゆるＫＴＸ女性乗務員事件である。二年以内に正社員に転換するという約束が守られず、乗務員がストライキを始めたのは二〇〇六年、十五年前のことだ。乗務員側は二〇一一年、高等裁判所で勝訴した。第二審まで勝訴したあと、最高裁までいったがそのまま四年の歳月が流れた。そして二〇一五年二月二十六日、第一、二審を覆す最高裁判決[1]が下されたのだ。

二〇一五年三月十四日、私は双竜《サンヨン》自動車の平沢《ピョンテク》工場の前で開かれた「三・一四希望行動」[2]という行事に参加した。法律相談ブースを設置し、隣のブースで間食を買って食べ、労働法に関する本を何冊か販売した。東洋セメントの組合員たちが旗を振りながら通りかかった際、うちのブースに立ち寄ってもどかしさを訴えていたことを覚えている。当時、東洋セメントは、下請業者の労働者たちに正社員の賃金の四十四パーセントしか支払っていなかったのだが、これに抗議し労組を結成した百人余りの労働者は全員解雇された。地方労働委員会が不当解雇に当たると判定したが、同社は労働者を損害賠償、営業妨害などで告訴した。「地労委の決定が下されたのに、なぜ解決しないんでしょう?」彼らが去ったあと、一緒にいた同僚が「ああ、これは長い闘いになりそうだ……」と、沈痛な面持ちで首を振っていたのを覚えている。実際に、その後、中央労働委員会でも不当解雇に当たると判断されたが、東洋セメントは国に十二億ウォンもの履行強制金を払いながらも、解雇者を復職させなかった。解雇者らは、会社側が提起した数十億ウォンの民事損害賠償訴訟と刑事訴訟に長いあいだ苦しめられた。

東洋セメント労働組合の次は、KTX乗務員の労働組合の人たちがやってきた。半月前に下された最高裁判決の衝撃がまだ冷めやらぬときだった。最高裁の破棄差戻し判決に対し再審請求をする方法はないか、こんなことがあっていいのか、これからどうすべきか、裁判所の仮処分決定に基づ

1 第一審、二審判決では原告が勝訴し、韓国鉄道公社と雇用関係があったと認められ過去四年分の賃金と訴訟費用が支払われたが、最高裁での敗訴により、乗務員側は一人あたり八千六百四十万ウォンを会社側に返還しなければならなくなった。

2 双竜自動車に不当解雇を言い渡され、解雇の撤回と復職を訴える百八十七人の労働者を応援する趣旨で開かれた全国の労働組合員の運動。当時、平沢工場の煙突に上り高空籠城を行っていた元労働者もいた。

いてこの四年間に支払われた給与を会社が一度にすべて請求すると言っているが、どうすればいいかという質問を受けた。破産申請はできるのか、個人再生手続きをして少しずつ返済できないか、家財道具に赤紙が貼られるのか、赤紙を貼りにくる人は暴力的ではないか、子どもたちが驚いたり近所でからかわれたりする恐れはないか、そんなことを訊かれた。

私は、そのたくさんの質問を覚えている。そして自分がなんと答えたのかも。

「残念ですができません。破産は難しいでしょうね。受け取った給与は最終審で負ければ返さなければなりません。全財産が家の保証金だけだとしても、お金があれば結局は会社に持っていかれます。はい、会社が仮差押えできるんです。破棄差し戻し審ですか？　そうですね……破棄差し戻し審で最高裁の判決が覆ることはないでしょう。最高裁の判決ですから……会社と示談の余地はありませんか？　せめて利子だけでもなんとか。ええ、債務の支払い義務は相続されます。相続放棄や限定承認ですか？　難しいですね。七月の破棄差し戻し審まではまだ時間があるので、皆さんで励まし合ってどうか元気を出してください」

法を学んだ者が、学んだ通りに答えた内容だった。実に簡単な答えだ。そうやって、私は法に則って答えた。法に則って答えたと、勘違いしていた。数十分ものあいだ機械的に、今思えば、単に、不当な権力の前で無力なことを自分の知識だと思い込んで回答したのだ。そして、こんな寒い日に弁護士としてちゃんと役目を果たしたのだから、自分の仕事はやりきったと思いソウルへ戻り、「今日は疲れたけどやりがいのある一日だったな」などと思いながらぐっすり眠った。そんなふうに、私は他人だった。ただの弁護士だった。

二日後、あるＫＴＸ乗務員が三歳の娘を残してこの世を去った。私は、法的にはあაでこうでと事務的な説明しかできなかった自分と、特別調査団の調査内容ですらいとも簡単に否認してしまえる権力、そしてその権力に追い詰められて地に落ちた命を、惨憺たる思いで振り返る。

同一犯罪同一処罰

ＫＢＳ（韓国放送公社）で放映されていた「挑戦！ゴールデンベル」[1]というクイズ番組がある。高校生対象のクイズ大会で、生徒たちはホワイトボードに問題の解答を書いて掲げ、正解者だけが生き残る。今はもう廃止されたその番組で、数年前、ある生徒がホワイトボードに書いた文字にモザイクがかけられた状態で放映されたのだが、その理由が「同一犯罪同一処罰」[2]と書かれていたからということが明らかになり議論を呼んだ。

同一犯罪同一処罰は、当時、毎週末行われていた女性人権集会のスローガンのひとつだ。とりわけ、違法撮影（いわゆる盗撮）犯罪を巡り、加害者の性別によって捜査と処罰の程度が異なるという不信感が高まるなか、数万人の女性がはじめは恵化《ヘファ》で、後には光化門《クァンファムン》で、この問題をはじめ堕胎罪や職場での身だしなみ強要、性別による賃金格差など、韓国社会における性差別問題を提起し改善を求める集会を開いていた。

放送局側は、政治的な話題はタブーであるという番組の方針に沿った対応だったと説明した。解答のほかにホワイトボードに書かれる内容として想定しているのは、家族や友人向けの応援メッセージくらいまで、ともコメントしたらしい。しかし、報道によって話が二転三転するのを見るに、どうやら明確なガイドラインはなかったように思える。ガイドラインに反する文言だったなら、番組収録の時点で当事者にその文言を消すか書き直すように伝えればよかったのだ。この生徒は、番組のハイライトともいえる「最後のひとり」の挑戦者だったため、撮影現場に人が多すぎて番組スタッフが見落としたという言い逃れも通用しない。放映分にモザイクをかけて、視聴者に「伏せられるくらいまずいことが書かれていたのか」と思わせるような状況をつくり物議を醸した挙句、長々と弁解し、事を荒立てる必要はなかったのだ。

1 毎回韓国各地の高校を訪ね、高校生代表百人を対象に五十問の問題を出題するクイズ番組。解答をホワイトボードに書き一斉に頭の上に掲げ、不正解者は退場し正解者のみが場内に残る。最後まで生き残った「最後のひとり」が五十問目まで正解すると「ゴールデンベル」を鳴らし「名誉の殿堂」入りを果たす。

2 二〇一八年五月、弘益《ホンイク》大学のヌードクロッキーの授業で、男性モデルの写真を隠し撮りして流出させた同僚の女性モデルが十二日後に逮捕されたことを巡り、盗撮の被害者が女性のときよりも迅速に事件が処理されたとして開かれた糾弾集会に、性別に関係なく公平な捜査と処罰を求める「同一犯罪同一処罰」などのスローガンを掲げた一万人以上の女性が参加し社会的な関心を集めた。

政治的な話題に触れたという理由でモザイクをかけたということなら、なおさら問題だ。ある犯罪に対して聖域なき公正な捜査を求めることも政治的であれば、信頼して委ねられない現実に声をあげ抗議することも政治的だ。表現の自由も女性の権利も平等も、年齢による差別の禁止も公正な公権力行使の要求も、すべて極めて政治的だ。これらの政治的なものには「人権」という名がある。

放送局はこれまで、タバコや凶器、ＰＰＬ（間接広告）[3]以外の商標、身体を傷つける過激なシーンなどにモザイク処理をして放映してきた。改めて読み解くと、人権とは人の権利である。人権に関するスローガンが、タバコや凶器、スポンサー以外の企業の商標と同じだといえるのだろうか。社会の一員が、機会が与えられたときに自分の意見を表明することが、その程度のレベルの政治的な行為が、喫煙や傷害と同じくらい社会的に不適切なものなのか。わざわざモザイクで隠さなければならないほどの、発してはならない言葉であり放送を禁じられるほどの考えなのだろうか。

メディアで報じられた番組スタッフの主張通り、フェミニズムや偏向捜査の疑惑を巡っては、人によって意見の食い違いがあることは否めない。人権の歴史はそもそも対立と闘争の歴史であり、人類はその過程で答えを見出してきたのだから対立があるとしてもおかしくはない。ただ、鋭く対立しているからといって、両極端の意見が同じ倫理的価値を持つわけではない。ある対立には正解がある。より正しい、といえるものが存在するのだ。

公共放送は、盗撮犯罪に対して性別を問わず同レベルの捜査と処罰が行われているか、世間に誤った情報や偏見が広まってはいないか、司法部や捜査機関に対する、特定の年齢および性別からの信頼が著しく損なわれてはいないか、もしそうだとすればその原因はなにかを考え抜き、正しく報道し、世に発信する責務を負う。ある一般人の出演者の自発的な意思表示を削除することは、公共放送の責務ではなく不適切な介入である。現場でうまく対処できずにあとになってモザイクをかけ、ある政治的な文言や考え方が間違っているという誤ったサインを社会に送ったことは、公共放送の明らかな過ちだ。

3 プロダクトプレイスメントと呼ばれる、番組内にスポンサー企業の商品を意図的に登場させる広告の一種。反対に、スポンサー企業でない他社のロゴや商標はモザイクをかけ映らないようにする。

言葉の長さと力の大きさ

今日、非常に不快な出来事があった。仕事の予定が締め切り間際に突如変更になったのだ。当然、充分起こり得ることだ。誰にでも事情というものがあるのだから。その事情は、事実かもしれないし、そうでないかもしれない。今日は、その事情が事実ではないように思えたので不快だったのだが、それも自分の思い違いかもしれない。本当のことはわからないし、今さらもう気にならない。

そして、私はこうやって多くの人が目にする紙面に、自分が不快だった出来事について書いている。おそらく、今この文章を読んでいる読者のなかに、これを読む前から私が今日楽しかったかどうか知りたかった人はほとんどいないだろう。にもかかわらず、私は自分の気分をここに綴っている。私に、この場で発言できる「声」が与えられたからだ。

文章は声だ。声を出せるということは権力だ。より多くのことを話せるということは、さらに大きな権力だ。

この社会には不平等な資源がたくさんあるが、そのなかでも人になにかを言える権力こそ、その最たるものではないかと思うことがある。人に向かって発言できる機会、人に耳を傾けさせる力。この力の分配はとても不公平だ。

ある人は、焼身自殺を図っても、数百日間電光板や屋根の上で高空籠城をしても、アスファルトに這いつくばって五体投地をしても、一万人が集まって抗議集会を行っても、ひと言、ふた言しか世の中に伝えることができない。これに対して、ある人たちには発言する機会と時間が充分すぎるほど与えられる。例えば、私は李明博《イミョンバク》元大統領の家訓が「正直」で、「ユリアージュ」のリップバームを愛用していることを知っている。彼には、そういった些末なことまで話せる力があった。

その反面、無駄な発言ができない人は、世の中に向かって言いたい言葉を選びに選び抜き、その言葉をさらに短くまとめなければならない。言葉を伝えられる機会が少なく、与えられた時間が短く、耳を傾けてくれる人が少ないからだ。だから、声の権力が小さい人は、常に言葉を短くする。限りなく圧縮された言葉はスローガンになる。

スローガンは簡潔で明確だから伝わりやすいだろうか？　そんなことはない。そもそも、声の権力が小さいがゆえに無理に縮めたのだから、スローガンはしばしば脈絡が感じられず過激に見えることがある。「これまで捜査機関は盗撮事件の被疑者を在宅起訴するケースが多かった。しかし、女性被疑者の場合は直ちに逮捕し起訴するのを見ると、捜査機関が被疑者の性別によって異なる判断をしているという疑問を抱かざるを得ない。また、盗撮物を通報しても加害者が起訴されたり処罰を受けたりする割合が低く、捜査過程で被害者は大きな苦痛を感じているのに、捜査機関は無関心で消極的な場合が多いので司法手続きを信用できなくなった人も多い。ここにある、各犯罪の起訴率の統計、量刑資料、経験者の陳述、アンケート結果を見てほしい」という話をしたいのに、これをすべて発言できる力がないと「同一犯罪同一処罰」「盗撮に厳罰を」までしか言えずに追い返される。それすらも、スローガンを作るほど経験が豊富でないとできない。言葉をうまく圧縮できなければ「家の外では安心してトイレにも行けず……」までしか言えずに、社会的発言権を失ってしまう。そうなると、この短く小さな発言の言葉尻をとらえることは実に簡単だ。短くした分、隙があるからだ。

「量刑基準と在宅起訴の原則は理解していますか？　捜査機関は原則に則って業務を遂行していますす。どちらか一方に肩入れしたり、個人の過度な被害者意識にまでいちいち付き合っていられません。捜査官はわざと耳が痛い話をしているわけじゃないんですよ。できないことをできるとは言えないでしょう？　それにトイレも随時点検しています。それはドアを修理したときにできた穴、あれはペーパーホルダーを取り付けたときの穴です。まったく……気にしすぎでは？」

普通スローガンの裏側には、このように長くて完全な、洗練された言葉がある。より大きな権力がある。そう。これは、より論理的な言葉ではなく、より大きな権力なのだ。

大きな声と長く流麗な文章は「チョン・ソヨンは今日機嫌が悪かったそうだ」といったどうでもいい話であって、短く過激で強引そうなスローガンこそ、力のない人たちが、とても大事な言葉を必死の思いで圧縮し訴えているサインなのかもしれないということを、忘れないでほしい。

国会を先進化せよ

　ここ数日、国会は十数年ぶりに大荒れだった。自由韓国党〔一九九七年十一月〜二〇二〇年二月まで存在した保守系の最大野党〕の主導のもと、国会は討論の場でなく無法地帯と化した。思えば、国会議員が罵声を浴びせ合ったり器物を破損することなく、本来あるべき手続きに従った議事進行をできるようなったのは近年に入ってからだ。私が幼い頃は、政治ニュースを見るたびに物理的な衝突の場面を多々目にしたものだ。国会中に取っ組み合いの喧嘩を始めたり、怒号が飛び交ったりする光景はめずらしくなかった。さらに記憶を遡ると、ニュースに出てくるのはいつも大統領ばかりで国会議員はあまり見かけなかったような気がする。

　数十年間、多くの国民が連帯し、献身し、行動した末に、私たちはようやく現在の民主主義を成し遂げた。平等・秘密・自由選挙ができるようになった。エンタメ要素を多分に含んだ開票速報番組が組まれ、当選結果も迅速に発表される。政治家は選挙で負けたからといって命を脅かされることもなく、選挙で勝ったからといってなんでも決定できるわけではない。国会放送（NATV）ですべての議事過程を公開し、国会のホームページに入れば、意思決定までの情報を誰でも確認できる。国会では毎日たくさんの公聴会と討論会が開かれる。

物理的な抵抗以外、なす術がなかった時代があった。政権が戒厳令を宣布し、国会議員の通勤バスをクレーン車でけん引して議事進行を妨害した日々。国会で大乱闘劇が繰り広げられたこともあった。あの手この手で踏み潰そうとしても民主主義は何度も芽吹くので、国民が選んだ国会議員の決定権が、いかなる選挙でも独裁者の決定権には勝てないように勝手に改憲されたこともあった。

私たちは、それらのすべての試みと挫折と挑戦を経て、ついに国会での乱闘をほとんど見ることがない時代を迎えられた。国会議員が総会に参加しなかったり、政党の代表者同士が会談や対話をしたり、長時間議事妨害をしたりリレーハンストをするといった、ともかく、物理的な議事妨害ではない方法で民意を反映し決定する文化を築き上げた。

国会先進化法[1]が存在するのは、単に強行採決や取っ組み合いが「後進的」だからという理由ではない。そのような行為は非民主的だからだ。そんな手段に頼らなくても意思決定を下せる本来あるべき姿の民主主義の実現を信じ、民主主義国家を築き、守るための法律なのだ。国会先進化法は、導入当時はまだ完全に実践されていなかったが、今、ようやく定着しつつある。国会の器物を破損したり、人を突き飛ばしたり、扉にバリケードを張って暴れたりしなくても民主的決定に至れるという、成熟した民主主義の約束であり宣言なのだ。

自由韓国党は、「独裁打倒」や「憲法守護」などのスローガンを掲げて国会を占拠した。独裁打倒とは、よく言えたものだ。韓国はかつて独裁政権を経験した。「独裁打倒」は、烈士たちが流した血と国民の痛みが滲んだ、千鈞《せんきん》の重みを持つスローガンなのだ。韓国の民主主義は血だまりの礎《いしずえ》の上に築かれている。数年前にもこの国は独裁国家への逆戻りを阻止するために、寒い冬にロウソクを手に取り戦った[2]。

憲法守護は国会議員の義務である。韓国は憲法が守られない時代を経験した。現行の憲法は、国民が選んだ代表者たる国会議員に多くの権限を与え、国会を積極的に保護している。これは、国会議員という個人が重要だからではない。国会議員を支持した国民が、つまり私たち一人ひとりが重要だからだ。そして国会議員には国民によって、非暴力的な議事進行のために努力する義務が課せられている。憲法守護とは、憲法に定める三権分立と法治主義と民主国家の精神を守護せよという意味だ。

独裁を打倒し、憲法を守った国の国民として言いたい。あなた方国会議員は、ほかでもなく、私たち国民が重要であるがゆえに重要なのだ。

1 正式名称は、二〇一二年五月に国会を通過した「国会法一部改正法律」、すなわち、既存の「国会法」の一部を改正するための法律。乱闘につながりがちな対決法案の強行採決などを防ぐために制定された。これまでの制度では、与野党が鋭く対立する法案であっても議長の職権で強行採決することが可能であった。強行採決に反対する側はそれに対処する方法がないため実力行使に訴えるという事態を招き、結果として、国会における暴力行為の一因となっていた。この法改正により、議長による職権上程の制限及び合法的な議事妨害（Filibuster・無制限討論）などが導入され少数派の対抗手段の制度化が実現した。

2 女性実業家の友人による国政介入事件や数々の疑惑を招いた朴槿恵《パククネ》元大統領の退陣・弾劾を訴え、二〇一六年十月から二〇一七年三月にかけて行われた国民らによる韓国史上最大規模の集会。これによって朴氏は弾劾訴追に追い込まれ、文在寅《ムンジェイン》政権が誕生することとなる。ロウソクを手に持って集まる韓国の「ロウソク集会」（「ロウソク革命」とも呼ばれる）は、かつての火炎瓶や投石などの暴力的なデモではなく、平和な方法で民意を政治に反映させようという国民たちの意思表示の手段として定着しつつある。

粉々になった秋

法廷の前のモニターに映し出された今日の裁判を確認する。私の担当事件の前にはいわゆる「本人訴訟」[1]がずらりと並んでいる。当事者が出廷する事件は弁護士がつく事件よりも時間がかかる。雰囲気と事件の件数からして、少なくとも三十分は待たなければならないだろう。

弁護士は待ち時間が長い職業だ。皆、裁判を待ちながら時間をやり過ごす自分なりの要領があるようだ。普通は事件記録にもう一度目を通す。ほかの事件記録を持ってきて読む場合もある。瞑想集や宗教書を持ち歩く弁護士も何度か見たことがある。

私は、待ち時間が長くなりそうなときは囲碁の問題を解くことにしている。裁判所で待つ時間と同じだけ、棋力が上がる気がする。法廷の傍聴席[2]に入るや否や、今日は囲碁の実力向上に励む日だなと感じた。弁護士がつかない当事者が多く、裁判官が親切。こういう日は往々にして裁判が大幅に遅れるのだ。カバンからごそごそと囲碁の死活問題集を取り出すと、かさっという音がした。

今年の秋は実に美しかった。行く先々で紅葉が鮮やかに色づき、空も澄み渡っていて、あちこち出かけるのが楽しかった。立派な庭園に大木が佇む裁判所を訪れた日には、裁判所と検察庁の周りを当てもなく一周散歩することもあった。外勤の疲れも吹き飛ぶようだった。

紅葉が真っ盛りのある日、裁判で赴いた地方裁判所で、あまりの美しさにさまざまな色と形のもみじの葉をいくつか問題集のあいだに挟んでおいた。問題集に挟む以外、押し葉にできそうなものが見当たらなかった。ところが、そのまますっかり忘れてしまったのだ。あちこち移動しながら問題集を取り出したりしまったりするうちに、背表紙を上向きにしてカバンに入れてしまったようだ。厚みがないうえに読み古した本だったので、開き癖がついたページの隙間から乾いたもみじがカバンの底に落ちてしまったのだろう。忘れた頃に覗いてみると、下のほうに赤と黄色のもみじの切れ端が散らばっていた。

1 弁護士などの訴訟代理人を選任せずに当事者が原告となって起こす訴訟。

2 韓国の裁判は原則公開裁判（性犯罪事件や少年事件などの一部は非公開）で誰でも傍聴できる。弁護士も自分の担当事件の裁判が始まる十分前には法廷内の傍聴席で待機する。裁判が遅れることは日常茶飯事で、とくに裁判に慣れていない一般人が法廷に立つ本人訴訟の場合は当事者がつい長々と胸の内を語ったり、裁判長が説明をしながら進めるため、大幅に長引くこと（長いときは二時間待つ場合も）が多々ある。

法廷内は静かだ。私は傍聴席で自分の裁判を待ちながら、当事者席に立った人々が熱弁を振るっているのをよそに、カバンを持ち上げて底をまさぐった。もう小指ほどの大きさに砕けてしまったもみじが指先に触れた。死活問題集を開くと、ページのあいだに黄色い葉っぱの葉脈だけが、廃屋の骨組みのように残っていた。いっそのこと、それさえも粉々になって見ないほうがまだましだったと思うくらい、惨めな成れの果てだった。子どもの手のような紅いもみじは、指が二つ取れていた。妙に胸が締め付けられた。こんなことになるなら拾わなければよかった。もみじを拾った日、重く分厚い本にすぐに移しておけばよかった。

あのとき、そう考えなかったわけではない。何度も思った。もみじを拾った日も、事務所に戻ったら移そうと思っていたし、そのあとの、いつか裁判所で死活問題集を解いた日も、もみじを見ながらどこかに移さないとなくしてしまうだろうなという考えが頭をよぎった。ただ、仕事に追われあくせく駆け回るうちに、押し葉にしたもみじをきちんと保管しなければという思いも、ほかの多くの、美しくても最優先ではない物事と一緒に道端に落としてしまったのだ。そして、結局このざまだ。私はカバンの底にわずかに残ったもみじのかけらをかき集めた。もみじではなく、それはカバンの底にできたしみのようだった。その薄く小さなかけらは、底にこびりついてなかなか取れない。早く剝がしてきれいに拭かなければ本当にしみになってしまうだろう。

私は、もみじのかけらを集めてまたくっつけられるのではという淡い期待を捨て、カバンを静かにおろした。美しいもみじを自分の手で殺してしまったも同然だと思った。死活問題集を解く気にもなれなかった。私は本のページにかすかについている干からびた葉脈と少し大きめの葉っぱのかけらを黙って見つめていたが、背表紙のほうに押し込んで死活問題集を閉じた。残りの葉はまた今度捨てるか、どこかへ移すことにしよう。また今度。ともすれば今年の冬に、それともカバンの底にしみができてから、もしくは来年の秋に。

親切を搾取する世の中へ

数日前、出張に行ってきた。長時間のフライトだったが、主催者側で大手航空会社のチケットを手配してくれた。たいていは快適だが、ひとつだけ、なんとも不便な点がある。それは過剰な親切。「いや、そこまでしなくても……」と思うほど親切なのだ。

望む人がいるから、いろんなマニュアルができてそうなったのだろうが、十数時間も笑顔を保ったまま接客する姿を見ることや、帰国後数日経って、チェックイン担当者から手書きの手紙をもらうことには、いつまで経っても慣れない。捨てるのも忍びないし、書いてくれた人の苦労を考えると複雑な気持ちになる。いったい誰が考えたサービスなのか、さっぱり理解できない。

飛行機だけではない。あるサービスは行き過ぎだと思うくらい親切だ。主要業務に求められる以上に。言い換えると、労働の強度が無駄に高い。安全で便利な交通手段を買っただけなのに、絵に描いたような笑顔を浮かべながらやさしく応対する女性まで一緒に提供しようとする業種がある。通常は女性の割合が高いサービス産業でよく見られる。

追い打ちをかけるように、相手が下手《したて》に出たからといって自惚れているのか、過剰な親切があるところには過剰な無礼がつきものだ。今回もそうだった。実に多くの乗客が、客室乗務員にタメ口で話していた。労働者は非常に丁寧かつ親切に話しているのに、消費者は文章を最後まで締めくくる誠意すら見せず、単語だけを吐き捨てるような会話がひっきりなしに聞こえてくる。一方的で無礼な態度だ。経験に基づく偏見を付け加えるなら、大部分の中年男性は、自分よりも若く見える女性労働者には、完全な勧誘文［「～していただけますか」などの語尾がつく文章］で話すことができないようだ。


主要業務に加えて、親切さ、笑顔、「良い」サービスがあること自体は悪くないかもしれない。当然、不親切よりは親切なほうがいいだろう。だが、親切もサービスに含まれるなら、親切というサービスは階級ではなく、同等の人と人とのあいだで交わされる契約だという規則がはっきりと可視化されるべきではないか。

まず、親切という付加的な労働に対して、確実に対価が支払われるべきだ。ホテルや航空機で受け取る手紙を書く時間と労力は、業務時間に含まれているだろうか？　いったいあれはいつ書くのだろう？　私はホテルで三泊するあいだ毎日、チェックインカウンターから客室担当者に至るまで、その間に提供されたサービスの労働者全員から手書きの手紙をもらったこともある。宿泊客は私ひとりではないのに、ホテル業界で働く人たちの日課はよくわからないが、休憩時間を使ったり残業をしないと書ききれない量だと思うと心苦しかった。そもそも、必要な仕事なのかどうかもかなり疑問だが、労働者に充分な業務時間と給与が与えられるわけでもなさそうなので、気楽に考えられるはずがない。

次に、サービスの限界が明確であるべきだと思う。これは労働者ではなく消費者が社会の一員として共に努力すべきことであり、企業が雇用した労働者を保護すべき領域でもある。タメ口、とにかく、あのタメ口からどうにかしてほしい。金を払った客だからといって、タメ口が許されるわけではない。笑顔で自分に接する人だからといって、しめたとばかりに不適切な冗談を言ってもいけない。五、六時間のサービスを提供する労働者と自分は、決して冗談を交わすほど親しい間柄ではないのだ。サービス労働者にしつこく言い寄るのも論外だ。大したことでもないのに大声で怒鳴ってもいけない。このような不適切な言動も、結局は企業が黙認するためいつまで経ってもなくならない。ある行動には我慢しなくてもいい、親切でなくてもいいという労働者の保護基準を設けるべきだろう。サービスの限界を定めたマニュアルが必要だ。尊重という社会的ルールが、愛想よりもはっきりと優先されるべきだ。これは、他の消費者のためにも必要な取り組みだ。

このすべてを欠いている「韓国のサービスは親切」は、単なる搾取に過ぎない。リラックスできないどころか、いつかそれに慣れてしまいそうで怖くなってくる。仕方なく消費しながら、搾取に加担してしまうのではないかと。

経済社会労働委員会と社会的対話

二〇一八年十一月に発足した経済社会労働委員会〔大統領直属の政労使協議機関、以下「経社労委」〕は、結局機能不全に陥った。経社労委は大きく二つの課題を抱えていた。

第一に、社会的対話の経験と発展の欠如だ。社会的対話とは、関連当事者がすべて参加し、充分な発言と熟議を経て結論を導き出す意思決定を意味する。この言葉は漠然とした意味合いで日常語のように使われているが、正しくは、ただ話し合いを促すのではなく特定の意思決定を行うための方法である。国際労働機関の協約や勧告、国連勧告、FTAといった外交通商文書などでも広く使用されている概念である。

第二に、労働の懸案に関する合意である。経社労委は発足時から変形労働時間制に関する合意を目指すと表明していた。そのほかにも、労働関係法の改正と整備、女性差別や年齢差別など、さまざまな当事者が参加しているだけに、取り上げられる議題も取り上げるべき議題も多数あった。

現在、経社労委は意思決定を行える状態にない。定足数［会議の開催や議決に必要な最小限の出席者数］が足りないのだ。はじめから不参加を表明していた民主労総に加え、労働者代表の女性、青少年、非正規雇用の代表たちも不参加を宣言*したため、各部門の二分の一の参加を必要とする議決定足数を満たせなくなった。

労働者の代表らが合意をボイコットしていると批判するのは簡単だ。実際にそういった声もある。邪魔立てすることばかりが仕事なのかという露骨な非難から、今回は政府がやる気になっているだけに何かしらの成果が期待できたのに、労働者側が反抗的すぎるという安易な評価までさまざまだ。基本的には、なぜそこまで参加を拒むのだ、ということだ。

しかし、これらは経社労委の課題を考えれば正当な批判ではない。今の経社労委は、現在のこう着状態も含め、韓国社会が社会的対話という新しい意思決定方法に移行する過渡期にある。社会的対話の唯一のゴールは合意文ではない。たしかに、その目標は合意点を見出し、参加した当事者間の意見をすり合わせ、良い結論を導き出すことだと言えよう。しかし、意見の隔たりが埋まらない

* 代表者らは「主な議題の議論と合意の過程で排除されたまま、未組織労働者が保護されない合意案を導くための〝挙手機〟の役割をするだけの構造を必ず変えなければならないという問題意識を持った」と、不参加の理由を説明した。

からといって、慌てて結論を出さないこともまた目標なのだ。それが、機械的多数決や官僚制ではない、社会的対話という意思決定の過程のメリットでもある。

社会的対話は、私たちにとって慣れ親しんだやり方ではない。討論しましょうと、とりあえず集まったとしても結局はより声の大きい側につくなり、権力のある側につくなり、機械的な多数決に従うなりといった、なにかしらの結論を下さなければならないという強迫観念に駆られることが多い。結論という成果がなければだめだという圧力にさらされ、限られた時間内で結論を出さなければならないというプレッシャーに追われ、「討論」を台無しにするなという厳しい社会の視線にさらされる。このあまりにも切羽詰まった状況で標的にされるほうは、当然のことながらより非力な構成員なのだ。労働というテーマにおいて、そうなるのはたいてい労働者側である。歴史的な経験から公的手続きに対する弱者の信頼が低いのは、労働者の代表のせいではない。

経社労委は、このあらゆる障害物を再認識する過程でもある。そもそも、合意するような事柄でないものまで社会的対話の「テーマ」に取り上げてはいないか、すでに決まっている答えを導き出すための挙手機の役割をしているだけだと感じる参加者がいたのではないか、もしそうなら、なぜ彼らがそう考えるに至ったのか、実は違うかたちの正解があったのではないか考えてみるべきではないか。十八人の経社労委員のうち一部の不参加により、議決定足数不足で本会議が流会となった結果だけを見て、失敗だと結論づけるのはまだ早い。これは、社会的対話を目指すために通る道なのだ。社会的対話を、抽象的な概念ではなく現実的な制度としての意思決定に反映する過程で発生する、通過儀礼のようなものだ。

私たちはおそらく、この痛みをこれから何度も経験するだろう。慣れていなくても、対話の場をむやみに閉ざすことなく持ち続け、公正な対話の機会を作ろうと何度でも試みるべきだ。そして対話の中断さえも、そのひとつの過程なのだと受け止めなければならない。

早く治ってくれ

インフルエンザと肝炎が同時に流行し、病院は患者で混み合っていた。私もそのひとりだった。経験上、韓国の勤労者に許された「病気で休める期間」は三日だ。どんな病気であれ、三日以内に治さなければならない。初日は「お大事に」といった言葉をかけられる。二日目は「最近はいろんな病気が流行っているからね」とか「健康が一番」といった世間話を交わす。三日目は「まだよくならないの？」と言われ、四日目まで治らないといよいよ困ったことになる。

私も、三日経ってもよくならなかった。非常に困った。どんな手を使ってでも治さなければならない。でも、病院に行っても症状に合わせた処方を受けるほかに、これといった方法はない。治療法はよく寝てよく食べゆっくり休むことだけ。どれもできないので、加湿器をつけ、マスクをして首にタオルを巻く。真夏にボアスリッパを履いてひたすら白湯を飲み、お腹にはカイロを貼る。地方へ出張に行くときは、処方された薬のほかに胃腸薬なども用意してあらゆる可能性に備える。

仕事の時間は細かく区切った。いつものように十時間働くのではなく、二時間働いたら三十分休憩し、また二時間働いたら二時間横になって休み、喉の調子が戻ったらまた起き上がって三時間仕事をする、といった具合に。弁護士は一種の自営業者なのでこういう働き方ができたのだと思う。そうしたからといって快方に向かったわけではないが、三日以内に完治した「ふり」はできた。

病気休暇であれ普通の休暇であれ、三日以上続けて取れる職場はそう多くない。勤労者のほとんどが、出勤できないほどつらいときは金曜日や月曜日に休みを取り、週末を含めて三日間寝込める時間を確保する。体調不良を理由に平日に三日も仕事を休むのは「万病三日で完治させよ」という韓国社会の暗黙のルールに抵触するのだ。

取引先に連絡しても担当者が病気で三日以上連絡がつかなかったり、ビジネスパートナーが一週間病気休暇を取ったのでその仕事は復帰後になります、などと言われたりすることは滅多にない。ほとんどは「ああ、今日は休みですが明日は出勤すると思います」といった答えが返ってくるだろう。そして大部分の人は、実際にどうにかこうにか三日以内に職場に復帰する。それができない場合、ほかの人に担当業務を振り分けることになるが、それもスムーズにいかないことが多い。すでに全員が、健康な体でこなせるめいっぱいの仕事量を抱えているからだ。仕事柄、業務を分担しにくい人はますます大変だろう。そもそも病気になれない。

「三日以内に完治」という暗黙のルールを破った勤労者は、どんな形であれ代償を払うことになる。職場の人との関係が良好なら、感謝と謝罪の言葉やコーヒー一杯くらいで済むかもしれない。しかし、人間関係や勤務環境にそこまで恵まれていない場合は、病気は職場でのいじめや孤立、ひいては解雇の材料となる場合もある。業務中に交通事故に遭ったにもかかわらず、右手を骨折したからといってすぐさま退職勧奨された人から相談を受けたことがある。交通事故のようにわかりやすい事件でなくとも、このようなケースは数えきれない。仕事のストレスが原因なのに病気を理由に業務からも外され、しまいには懲戒処分を受けたという相談者も少なくない。人は機械ではないのだから体調を崩すのは当然だ。万病が三日以内に治るわけでもないのに、労働の現場はそれに対する備えが充分ではない。皆がフル稼働で働いている。構造的な対策がないので、病気になった当事者だけでなく周りの同僚も苦労することになり、個人間のトラブルにも発展しやすい。

実のところ、私も「期限内」に完治できなかった。それでも当然ながら周囲は私がすっかり治ったと思っている。三日をとうに過ぎているのだから。私は「三日以内に完治」のルールに反していることを隠した。治っていないことを知られるのが怖いから。月初から溜まっていた仕事はすべて片付けた。休日返上で働いて挽回したから。よくなるわけがない。充分に休めなかったのだから！　図らずも体調を崩してしまった至極平凡なこの体に、今日も私は祈る。頼むから早く治ってくれと。

郵便局ストライキに思うこと

郵便局の労働組合がストライキを予告した。韓国労総所属の全国郵政労組と民主労総所属の全国郵便支部（非正規雇用者労組）もストライキに参加すると宣言した。組合員の九十パーセント以上がストライキに賛成しているという。

二〇一八年の一年間で、二十五人の集配員が亡くなった。二〇一九年のちょうど半分が過ぎた時点で、過労死や事故によって死亡した集配員は九人。集配員の労災率は消防官の労災率の一・五倍に及ぶ。これは異常な数値と言わざるを得ない。

集配員一人に割り当てられた一日の平均配達量は約九百通だ。時間で割ると、宅配や郵便物を空から撒かなければならないのかと思うほどおびただしい量である。ストライキの話が持ち上がると、郵政事業本部は、集配員の延労働時間が二〇一五年の二千四百八十八時間から二〇一八年は二千四百三時間に三・四パーセントも減ったと主張した。業務の負担は減っているにもかかわらず、集配員たちがストライキを敢行しようとしていると言いたいのだろう。それでも、その減ったという数字は三・四パーセント、年間八十五時間、月七時間、週一時間三十分にしかならない。会社側が計算した数字であるにもかかわらず、このありさまなのだ。

オンラインショッピングが活性化するにつれ、宅配便の物量は増える一方だ。一般郵便を使う人は減ったが、物一つひとつは大きさも重さも増えているだろう。私たちが毎日受け取る郵便物を見れば、郵便局の集配員がどれだけ過酷な労働環境に置かれているか容易に想像がつく。集配員の過労問題は労働界だけが主張しているわけではない。政労使が共同で結成した「集配員の労働条件改善企画推進団」も、集配員を少なくとも二千人は増員すべきだと結論を出した。二〇一八年十月のことだ。企画推進団の改善案が発表されたあとも十人の集配員がこの世を去ったが、集配員の数は、二千人はおろか二百人も増員されていない。集配員の過労死とストライキが争点になったことを受け、行政安全部はまずは組織診断を行い、必要に応じて政府予算を増額するという。組織診断も予算編成も必要な手続きであることに異論はない。正しい手続きと正確な分析は当然行われるべきだ。しかし、どうしてこうも遅々として進まないのか。こればかりは、国会の空転のせいとはいえない。集配員の過労と劣悪な労働条件は、今になって出てきた問題ではない。旧正月や秋夕《チュソク》［日本でいうお中元、お歳暮シーズンに当たる］のたびに、年末年始を迎えるたびに、一つひとつの死がすべて報道されないほど、長きにわたって続いてきた問題なのだ。

郵政事業本部は、増員が難しい理由のひとつに財政赤字をあげた。郵政事業本部は私企業ではない。科学技術情報通信部の傘下にある国家機関だ。国家機関が、年に数十人の勤労者が、国民が、国のために働き命を落としているこの現実を改善できない理由が「赤字」とは、呆れてものが言えない。これは国として許される言い訳ではない。

それればかりか、実際にこの赤字が本当に赤字なのかすらはっきりしない。郵政行政は特別会計で編成されており、政府から人件費が出ない。通常、公務員の人件費は政府の一般会計から支出されるが、集配員の人件費は単純に言ってしまえば配達料から支払われる。人の手足が絶対的に必要な分野なのに、国がその人の苦労に見合った賃金を払わないのだから赤字になって当然だろう。

郵便業務は公共分野で重要な役割を担う。本当に赤字が問題ならば、一般会計に転換する方法もあるだろう。もしくは、少なくとも、郵便局保険や預金といった郵便局内の特別会計と郵便事業特別会計間で繰入・繰出をすれば、集配員を増員するだけの人件費を充分賄える。二〇一七年の郵政事業全体（郵便、保険、金融）は五千億ウォンの黒字だった。集配員を千人増員するために必要な資金は約四百三十億ウォン、その十分の一だ。それでも、その金すらないのだと、集配員を増やすことができないのだという。国務総理［日本の首相にあたる］は郵便局にストライキの自制を要請した。

ストライキの結果、被害を被るのは国民だと言いながら。

国民を言い訳にするのもたいがいにしてほしいものだ。不満があるからストライキするのだ。今、その国民も皆、玄関ドアの前に郵便局のストライキを支持するという旗でも掲げたい気分だ。

もやもやするスローガン

裁判所の駐車場に法務部の移送車が止まっている。車体には人々が明るい表情で両手をあげ、一本の紐を持って立っている姿が描かれており、その上に「偏りのない公正な裁判のための法《ポプ》Join、裁判員制度」というキャッチフレーズがある。おそらく、国民が陪審員として参加――Join――する裁判員制度に積極的に協力し、法曹人《ポプジョイン》の役割を果たそうと言いたいのだろう。

拘置所に行った。解像度の低いＬＥＤ電光掲示板に、矯正施設のマスコットキャラであるポラミとポドゥミのいびつな笑顔が映し出され、その横に「청렴韓《ハン》 교정（清廉な矯正：「〜な」を表す連体形の「〜한《ハン》」と韓国の「韓《ハン》」をかけた言葉）」云々といった文言が流れてくる。画数の多い「韓」という字だけが漢字なので、フォントも違えば文字列も揃っていない。韓国の矯正職員の象徴であるポラミとポドゥミが、自らの任務を清く正しく果たすという意味なのだろう。

先日、官公署を通りかかった際に、スローガン・フォトコンテストのポスターを目にした。そこには「心を・つなぐ・クリエイター」というフレーズと、それぞれの単語の頭文字である〝マ〟〝イ〟〝ク〟という文字がでかでかと書かれている。コンテストで募集するスローガンや写真は、テーマを伝えるための「マイクロフォン」のようなツールであるという意味らしい。

官公署や公共の至るところでこのようなキャッチコピーを目にするたびに、どうしてわざわざ多言語を使って言葉遊びをしようとするのだろう、と思う。面白いことを考えるものだなあと感心して笑って見過ごすことはできない。あまりにも多くの公共分野で英語や漢字が当然のごとく使われており、英語や漢字といった、やさしい韓国語以外の知識を持っている人が見ることを前提としているのだから。

英語で書かれた裁判員制度の広報物は、Joinという英単語を知らない人にはなんの情報も伝えられない。下に描かれている絵も、人々が並んで一本の紐を持って立っているだけなので、裁判と直接の関連性はない。このようなスローガンを目にすれば、幼稚だと笑い飛ばせる人と、そもそも意味を理解できない人とに分かれざるを得ない。年齢、受けた教育、性別などを問わず、国民一般の意識を裁判に反映するという裁判員制度の趣旨にも合わない。「청렴韓《ハン》 행정（清廉な行政）」も然り。スローガンコンテストのスローガン自体が二か国語の言葉遊びになっている「マイク」は、このような形のスローガンが許されるというメッセージを含んでいる。

市民コンテンストに出品される数多くのスローガンやキャッチコピーは、二か国語の同音異義語を組み合わせたもので、優秀作品を選定し広報物を制作する人たちもとくに問題意識を持っていないために、このような造語が次から次へと生まれるのだろう。しかし、すべての人が大韓民国という国名を漢字で読み書きできるわけではない。今どきハングルが読めない人なんていないだろうとか、英語は義務教育の小学校から学ぶものだとか、国名くらい漢字で読めないと国民とはいえない、などという問題ではない。いったいなぜ、一部の社会構成員は見ても完全に読めない文章と表現を作り出し、積極的に使うのだろう。

広報やデザインについてまったくの素人である私から見ても、お金や飲み物の前で手のひらを出して遠慮するジェスチャーをするポラミとポドゥミの姿や、裁判員裁判に参加したさまざまな年齢や性別の陪審員たちの姿などを描いた絵だけで、充分に同じメッセージを伝えられると思うのだが、なぜわざわざそんなことをするのだろう。韓国語を含めて二か国語以上を理解できることを前提としたスローガンを見るたびに、かえって差別的な表現に思えて仕方ない。そして思うのだ。もやもやするのは私だけ？と。

放送大学生の一日

日曜日、放送通信大学の出席代替試験を受けた。おそらく、これを読んでいる読者のなかにも同じ日に試験を受けた人が少なからずいるだろう。私は二〇一九年、放送大の中国語中文学科に編入した。はじめは対面授業を申し込んでいた。

放送大の対面授業とは、講義室で教授の講義を受けるというものだ。教授が全国の大学を巡回しながらオフライン講義をする。なんらかの事情で自分の所属する大学で教授の授業が聞けなくても、ほかの日にちにほかの地域で行われる授業に申し込むことができる。つまり、全国どこでも対面授業を受けることができ、その機会が何度もあるのだ。

どうしても対面授業を受けたい科目があったのでさっそく申し込んだ。その日のために、前もってスケジュール調整もしておいた。ところが、私が所属する大学の時間割を見てみると、仕事と重なっていた。残念だが背に腹は変えられない。まだ対面授業が行われていない地域を慌てて探し、もう一度申し込んだ。一か月後の授業だった。しかし、いざそのときになると、またもやほかの裁判と重なってしまった。また全国各地の対面授業のスケジュールを調べたが、時すでに遅し。このタイミングで対面授業を聞くには、蔚山《ウルサン》あたりまで行かなければならない。そのときになってまた仕事が入らないとも限らないし、遠くまで行く自信もなかったので、結局は出席代替試験を受けることにした。出席代替試験は、私のように対面授業を受けられない放送大の学生が、試験を受けることで出席に代えられる制度だ。

仕事の合間を縫って講義を聞いた。放送大の講義は携帯電話でも受けられるし、最大で二倍速にすることもできる。ランニングマシーンで運動をしながら、または、車のなかでウトウトしながら講義を聞いた。正直に告白すると、すべて聞くことはできなかった。放送大の教材は電子書籍でも配信されている。私は読み上げ機能を使って、寝る前に教材の内容を聞いた。これまた正直に言うと、聞いているとすぐに眠くなった。

そうやって一学期を過ごし、近所の高校に行って出席代替試験を受けた。マークシートを作成したのもずいぶん久しぶりだ。私は学生時代、なにかとマークシートを使うことの多かった世代にあたる。一時限目、コンピューターサインペンを使って自信満々に名前と学籍番号を書いた。二時限目。一時限目と同じ試験監督の先生が入ってきて、マークシートの作成方法を案内しながらこう言った。「いちばん上には二〇一九年一学期と書いてください。漏れている方が多かったので」。そういえば、と思い出した。しまった。その「漏れている方」は私じゃないか！　私はさっきよりはやや肩身を狭くして、年度と学期と名前、そして学籍番号を書いた。

試験場にはたくさんの人が来ていた。年齢も性別もさまざまだ。試験を受ける人も、待っている人も多かった。二時限目の試験を受けた教室には、まっさらに見えるスーツをぴしっと着た中年男性の学生が入ってきた。彼は教室のなかをぎこちなくきょろきょろと見渡すと、どこに座ればいいのか大きな声で尋ねた。一時限目に同じ質問をした私は、「どこに座ってもいいらしいですよ」と言い、さっそく知ったかぶりをした。彼は窓辺の真ん中あたりの席に着きペンを持ってポーズをとると、一緒に来た人に向かってこう頼んだ。「なあ、写真撮ってくれよ」。頼まれた人は教室のドアのほうに立って、彼の姿を撮った。カシャッ、カシャッ。携帯電話のカメラ音が響いた。

放送大は国が運営する生涯高等教育機関だ。全国単位で運営される教育福祉施設でもある。何歳であっても、大学教育を初めて、もしくはもう一度経験し、「大学卒業証書」という夢に挑戦できる国立大学だ。私は七歳から三十五歳まで学生だった。そしてそのうちの半分以上を「キャンパス」で過ごした。その貴重な時間を改めて振り返ってみた。大学で講義を受け、学者でもある教授のもとで学んだ学術的な経験と、受講申請をして課題を提出し、試験を受けるといった日常的な経験。そのすべての、ともすれば誰にでも開かれていて然るべき機会について。

正社員が階級になった国

　またしても韓国道路公社の話だ。この間、大きな変化があった。最高裁が、韓国道路公社は収受員の使用者であるという点を認めた。つまり、韓国道路公社は、韓国道路公社サービスという子会社を作ろうが作るまいが、その子会社を何の目的で使おうが、元々働いていた収受員を韓国道路公社の正社員として採用すべき法的義務を負うという事実が、はっきりと示されたのだ。

　しかし、韓国道路公社は、依然として直接雇用を拒否している。*収受員は、裁判所の判決履行を求めて籠城を続けている。韓国道路公社の本社の建物には、「私たちもつらいんだ！　同僚たちよ！籠城はもうやめて！」という大きな垂れ幕がかかっている。同僚になるための第一歩である直接雇用をする気はないが、とにかく自分たちが困るので籠城はやめてくれという意味だ。第一審から最高裁まで、数年間法的争いを続けてきた勤労者、最高裁で勝訴したにもかかわらず元の場所に戻れない収受員、正社員と警察が医療陣の出入りまで妨害するなか、孤立した籠城者の前で「つらい」

とはよく言えたものだ。

この見事なまでの厚かましさはどこから来るのだろう。韓国道路公社は、私企業でもない公企業であり、国の基幹産業の一翼を担っている。裁判所の判決を遵守し、今まで働いてきた千数百人の収受員を直接雇用したくらいで潰れたりはしない。間接雇用をしたところで、人件費がゼロになるわけでもない。変則的に採用してきた非正規雇用者を直接雇用したからといって倒産しないのは私企業も公企業も同じだが、ともかく、公企業である韓国道路公社は最高裁の判決に従っても破産するほどの経営的損害を負うリスクが低く、司法部の終局的判断に従うべき立場にあるといえる。それなのに、なぜ直接雇用をしないのだろうか。最高裁の判決に従うことが、ここまで積極的に、公企業が数十階の高さの垂れ幕まで用意して「つらい」と訴えるようなことなのだろうか。どうしてこんなことができるのだろう。

ここには、損得や良し悪しという域を超えた、非正規雇用の正社員転換という争点をめぐるイデ

＊ 著者注：韓国道路公社は二〇二〇年五月十四日、収受員を現場支援職として直接雇用した。しかし、この籠城とストライキに参加した勤労者たちに後に懲戒処分を下し、直接雇用に転換された勤労者を元の業務とは関連性の低い業務に再配置したことをめぐり、（韓国で）本書が刊行された二〇二一年まで対立が続いている。

オロギー的な抵抗が存在する。非正規雇用と正社員は、もはや雇用形態による中立的な区分ではない。階級なのだ。

本来、専属的に労働力を提供する労働者は、当然正社員だ。ここに、市場のニーズなどによって例外的に扱われてきた非正規雇用という概念が法によって定義され、時間制労働者（アルバイト）や専門職の労働者のみならず、次第により多くの人が非正規雇用者として採用されはじめた。はじめて労働市場に参入する青少年や青年労働者、キャリアの断絶を経て復帰した女性労働者、生計のためにほかの仕事を始めた高齢労働者などは、はじめから非正規雇用の契約を結ぶ。正社員だった人たちが、韓国道路公社の例のように子会社に分離されたり、派遣や下請業者との契約によって非正規雇用への転換を余儀なくされたりもした。

いまや韓国の非正規雇用者は六百六十万人に及ぶ。全体の賃金労働者の三十三パーセントだ。非正規雇用は、もはや「正社員ではない雇用形態」という中立的な概念ではない。正社員よりも少なく働く代わりに雇用の柔軟性を優先した人を指すものでもない。非正規雇用者の賃金が正社員の七割に過ぎない韓国において、非正規雇用を、労働者の理想的かつ自発的な選択の結果とは言い難い。

現に非正規雇用者は、より少ない賃金でより長い時間働き、より劣悪な環境でより危険な仕事をする人のことをいう。慶弔費がもらえない人、有無を言わさず派遣先に送り込まれる人、給与が最低賃金の引き上げ分程度しか上がらない人、いつ解雇されてもおかしくない人のことをいう。

非正規雇用者はもはや、正社員という狭く小さき門を突破する力のない人の通称として使われる、ある種の階級になってしまった。韓国道路公社の、あの「同僚たちよ」という怪物のような垂れ幕と、その下に所狭しと並ぶ警察と正社員の救社隊（スト破り）を見ればわかるように、もはや非正規雇用は階級なのだ。

難民がつける嘘

弁護士になって一年目の頃、私は六件の難民事件を担当した。六人とも、私に嘘をついた。ある嘘は些細なものだった。紛争や迫害を逃れるためにどんなことをしてきたのか、すべては語らないというくらいの。普通はそうだ。たいてい、嘘というものは、わかっていてもわからなくてもどちらでもいい場合が多い。プライドを守ろうとする防衛反応、自分の過ちを小さくしようとする言い訳、非合理的な行動を合理化しようとする試みがほとんどだ。

しかし、そのうち決定的な嘘をついた難民申請人がいた。私は五件の裁判で敗訴し、大きな嘘をつかれた一件については訴えを取り下げた。物証があるという当事者の言葉を信じて、イギリス、オーストラリア、ナイジェリア、ウガンダの記者や活動家に連絡し尋ね回った挙句、その物証を自分の目で確認して初めて嘘に気付いた。そして、私が突き止めた事実に被告人である韓国政府が気付かないわけがないのだから、無益な訴訟はやめて出国したほうがいいと、当事者を説得した。彼は、嘘を認めることも謝ることもなく、韓国を去った。

一時私は、その六番目の事件を辞任しなかったことを誇らしく思っていた。嘘を見破ったあとに腹を立てなかったことも、真偽を判定する審判者にならずにスマートに仕事を処理したことも。あくまでも「弁護士」として、初年度を無事乗り越えたと思っていた。

しかし、改めて考えてみると、その嘘は本当にそこまで決定的だったのだろうか。そもそも、難民申請人が「決定的な」あるいは「重大な」嘘をつけるものだろうか。

彼の出身国は間違いなく非常に危険だった。真昼にも殺人や集団暴行が頻繁に起こり、人々は感情が昂っていた。政策と法の執行は特定の集団に敵対的で、国民の興奮を鎮めるどころかますます煽り立て、その心理を利用した。死体が道端に転がり、人々は昼間でも殴られ血まみれになった。ここまでは紛れもない事実だ。世界中のニュースで連日報道されていた。

個人の嘘が国レベルに発展することがない以上、この世のすべてのニュースが嘘でなければ、紛争地域から韓国に入国した難民申請人がつける最大の嘘はせいぜい「母国は危険な場所だけど、自分はそこまで危ない状況に瀕しているわけではない」くらいではないだろうか。「自分の国は危険ではない」や、「母国でもそこそこやっていけるが、もっとハイレベルな暮らしがしたいのでブローカーに全財産を払って難民認定率一パーセントの韓国にやってきた」「少しくらい差別にあったって韓国で暮らしていれば得することのほうが多いと思った」などではない。国外に移住するということは、至極平和な社会に住んでいる人にとっても一世一代の決断だ。ましてや、文化や言語、多数人種が異なる国への移住は、普通の人が普通の状況で決心できることではない。難民申請人の移住は、移住というよりは脱出であり、選択というよりは不可抗力なのだ。

韓国のようにあえて難民認定されにくい国を選ぶ人はほとんどいない。二〇一〇年から二〇二〇年までのカナダの難民認定率は四十六・二パーセントだった。同じ時期の韓国の難民認定率は一・三パーセントだ。難民申請人にはたいてい到着国を選べる権利はない。ブローカーがその時々で手配した交通便に乗り込むだけだ。そうやって韓国に来る人もいる。韓国行きのチケットをもらった人は、どう考えても運が悪いのではないだろうか。難民認定率も低く、人種差別もあり、他の文化に対する教育も行き届いていないうえに、難民や移民のための教育や政策も不十分だ。難民認定を受けても暮らしやすい国とは言えない。これは、この社会の埋められない空白であり隙間だった。

最近、この空白から嫌悪が恐ろしいスピードで育っている。無知と恐怖を餌に、瞬時に勢力を増していく嫌悪に戦々恐々としながら、今になってこう思う。ともすれば、あのときの嘘はまったく重要ではなかったかもしれないと。重要な嘘をつくことすらできない人生があるのだと、私が充分に理解できていなかっただけなのだと。

危険の外注化をやめよう

二〇一九年二月五日、泰安《テアン》火力発電所の下請会社所属の従業員だった故キム・ヨンギュンさんの葬儀の日程が発表された。彼の死から五十八日目のことだ。与党政府が、公共部門である発電所の下請労働者の正社員化と、二人一組体制で業務にあたるという安全対策の履行を約束し、遺族と対策委員会がこれを受け入れたことで、後回しになっていた葬儀をようやく執り行うことになったのだ。故人は、忠清南道《チュンチョンナムド》泰安《テアン》郡の泰安火力発電所で、本来は二人一組で行うべき作業にひとりであたっていたところ、ベルトコンベアに挟まれ命を落とした。会社は、二十八回にわたる設備改善要求を黙殺したという。キムさんは夜間にベルトコンベアの点検作業を行っていたのだが、懐中電灯のひとつも与えられないため、スマートフォンのフラッシュライトを使っていたという。一九九四年生まれ、当時二十五歳だった。

同年二月三日には、仁川のある自動車工場でベルトコンベアを点検していた五十代の労働者が、旧正月を前にして、夜勤中にベルトに挟まれて亡くなった。いわゆる「キム・ヨンギュン法」と呼ばれる産業安全保健法の全部改正案が国会で成立したあとのことだった。二〇一八年十二月二十六日には、慶尚北道《キョンサンブクト》の聞慶《ムンギョン》の採石場で作業をしていた四十代の労働者が、破砕機のベルトに挟まれて死亡する事故があった。同じ日、忠清南道礼山《イエサン》の自動車工場でも、二十九歳の労働者がベルトコンベアに挟まれて亡くなった。このような事故は、今思いつくだけでも数十件は挙げられる。

当然、ベルトコンベアの問題ではない。危険な職場、安全対策に金をかけなくても許されるシステム、命の価値を軽んじる社会が問題なのだ。この国の労働現場からは、死の匂いがする。

安全にはコストがかかる。泰安火力発電所が設備改善を図っていれば、三億ウォン程度かかっていたという。ソウル郊外のマンション一軒分とまでいかなくとも、〇・三軒分の金があれば防ぐことのできた死なのだ。二人一組で作業にあたるべき危険な仕事場にひとりしか配置されないことは珍しくない。二交代制で十二時間働く夜間勤労者ひとり当たりの日給は、最低賃金でざっと計算すると約十三万ウォン。映画のチケット十枚分くらいにしかならない。新しく入った勤労者に安全教育を行う費用は、教える人と教わる人の時給を合算しても数万ウォンにもならないだろう。わかりやすい例でいうと、コーヒー二、三杯くらいの金のはずだ。しかし、韓国社会が安全にかける費用はこれよりも少ない。だから、充分に防げる痛ましい事故が後を絶たない。

費用といっても、安全な職場環境をつくり、事故を未然に予防するための金は費用というよりは必要経費だ。安全への投資を渋り、人命を守るための対策にこれほどまでに金をかけたがらないのにはいろんな理由があるだろうが、いちばんの理由はやはり、安全対策に対する国からの補助や責任の追及が充分ではないということだろう。発電所のような公共部門ですら、費用削減だのと言いながら下請会社に外注している。国がより安全に運営できる公共部門がこのありさまなのだから、民間が進んで国よりも金を費やそうと思うわけがないのだ。

国は傍観し、安全に関する「コスト」は民間に委ねられ、すでに危険の外注化は深刻な事態に陥っている。元請け、下請け、孫請けと流れていく多重下請け構造では下へ行くほど会社の規模は小さくなり、安全対策への支出も減少する。元請けは最低価格の入札競争を煽り、零細企業は費用削減のために非正規雇用の未熟練労働者を雇い、あらゆる関連法に違反しながらとにかく仕事を「回す」ことしか考えない。企業、とくに元請け会社は、産業安全保健法や勤労基準法に違反しても大きな責任を負うことも、重い処罰を受けることもない。規定を破って運悪く摘発され罰金を払うほうが、日頃から安全対策を講じるよりも「低コスト」で済むのだ。産業が立ち行かなくなる、企業が潰れるなどと騒いでいるが、実際に労働災害によって年間二千人が死んでいるというのに、労災事故として課徴金を払ったり損害賠償を請求されたりして潰れた会社はない。

二〇一九年一月、産業安全保健法の全部改正案が国会で成立した。下請けの制限や、再下請け禁止に関する法的根拠がついに設けられたのだ。これからは、安全のための支出が法に則って必ず行われるべきだ。どんな現場でも、命よりも尊く価値のあるものはないのだから。

階級的な成功と失敗のあいだで

同僚作家のひとりが新型コロナウイルスに感染した。感染経路は不明らしい。同僚の弁護士が勤める法務法人でも濃厚接触者が発生した。クライアントとの食事を断れずに出かけたのだが、その店で感染者が出たらしい。全従業員が検査を受け、オフィスを一時閉鎖する可能性もあるという。

私の事務所は汝矣島《ヨイド》にある。ほかのビルと同じように、うちの事務所が入居しているビル内でも空室が増えている。郵便物がたまった郵便受け、がらんとしたエレベーター。そしてビルには「コロナ感染症による苦痛を分かち合うために管理所長職を無給に切り替え、効率的な運営に努めてまいります」という貼り紙が出された。通常、オフィスビルの管理所長は、消防法などによって資格が定められており、期間制法［期間制および短時間勤労者保護などに関する法律］の例外事由に該当するため正社員化されない高齢労働者であることが多い。おそらく、雇用を維持するという条件で無給に同意したのだろう。管理所長が無給になったことで、ビルの管理費はほんのわずかに減った。賃貸料は——当然のことながら——ちっとも安くなっていない。偶然ほかの人とエレベーターに乗り合わせると、十中八九、株や不動産の話が聞こえてくる。株式投資だのトレーディングだのといった看板を掲げた会社は今でも営業を続けている。

国選弁護制度を利用するのは、たいてい生計が不安定な人だ。国選弁護士を選任するには、収入が一定額未満であることが条件として定められているためだ。私は、被告人の職業欄に無職、自営業、日雇い労働者、主婦と書いていたり、生活保護受給者や医療保護対象者に該当すると書かれている事件が回ってきたら、まずはじめに電話でその人の生死と生活事情を確認する。文字通り「生きているか」確認するのだ。連絡がつかない人たちがいる。連絡がついても、緊急生計資金の貸付金が底をついていたり、コロナに感染して以来体調が回復せず経済活動ができないという被告人など、懐事情が芳しくない人ばかりだ。毎日一時間、清掃員の仕事をしながら一万ウォンの収入で食いつないでいる人。工事現場まで自腹で行ったあと、熱が三十七度五分以上で感染が疑われる人がいたからと、とんぼがえりする日々を繰り返している人。客がひとりも来なくても毎日母親と店を開ける人。家賃が払えず保証金まで失ってしまった人。いっそのこと、懲役刑を受けたほうがましだと話す人もいる。

労働事件の相談では似たような質問が続く。業績不振による辞職、人員削減による勤務時間の延長、契約更新の拒否、労働条件の悪化……。自営業者の苦労は言わずもがなだ。全従業員が自発的に無給休職に同意し、職場加入者として四大保険〔雇用保険、労災保険、国民年金保険、健康保険〕を維持しつつ休業手当をもらっても、賃貸料などの維持費用を払えずに結局廃業に追い込まれる事業所が増えている。社長に金がないわけがないと陳情を提出しても、調査したところ本当に金がなかったというケースも少なくない。労使の対立すら成り立たない事業所もある。どうにか救済しようとしてもなす術がないのだ。

今年はなにも成し遂げられなくても、コロナにさえかからなければ成功したも同然だという人もいる。しかし、その成功は実に階級的なものだ。誰かはより危険なところにいて、その人たちはこの一年でさらに崖っぷちに追いやられた。所得がなければ、職を探しに出かけたり副業をする過程で危険にさらされる頻度が増える。やっとのことで肉体労働を見つけても、不慣れな仕事のせいですぐ事故に遭い、労災の申請手続きを調べるはめになる。どうかき集めてみても金がない。飢え死にしようが病気で死のうが同じだという言葉が、本心から出てくる。生死の分かれ道は、私たちの近くに、あまりにも近くにあるのだ。

沈黙が生き残る術にならないように

有志の同僚たちと「職場パワハラ119」という活動を行っている。匿名で通報できるSNSメッセンジャー機能の「オープンカカオトーク」とメールを利用して、職場で受けたパワハラ被害を通報すると、労働弁護士、労務士〔日本の社労士に相当〕、活動家らが相談に乗り、共に解決策を模索するというものだ。はじめは、わざわざこんなことまで、と思ったのもたしかだ。パワハラ被害の相談なら「大韓法律救助公団」もあるし、区庁の「法律ホームドクター」や法務部の「町弁護士制度」もある。

しかし、いざ始めてみると「パワハラ」の実態は想像をはるかに超えていた。なにより、法の問題ではなかった。社会の問題だ。もちろん、理論的に考えれば法的手続きをとれるものもある。もし、数百万ウォンの費用を負担して一年以上訴訟をすることができ、それでも心身的に特段苦痛を感じないのであれば、法に基づいて対処すればなんとかなるケースもあるにはある。極端な場合は、メディアと世論の力で変えられるものもある。残念なことにたいていは、人の命を代償にした事件だ。

ならば、法の問題ではないパワハラとは何なのか。韓国社会が、より強い人に許容している行為のことだ。少しでも強い人の前では沈黙してきた、集合的経験が積み重なった結果だ。この社会が弱者を保護しなかったために、問題提起をする人から目を背けてきたために可能になった、ある種の行動様式だ。

ありとあらゆるエピソードがある。通り過ぎるたびに椅子を蹴る上司。一日に何度も椅子を蹴る。同じオフィスで、一週間に二、三十回も通りがかりに椅子を蹴られたら、まともな人ならとても耐えられないだろう。しかし、このいじめをどうやったらやめさせられるだろうか。人を殴ったわけではない。椅子を倒されたわけでも、物を壊されたわけでもない。厳密に突き詰めれば、広義の暴行罪で訴えることはできるかもしれない。でも、通りすがりに椅子を蹴られただけなのに、職場の上司を告訴できるだろうか?

仲の悪いチーム長がいる。部下の社員は、なにもしていないのにそのチーム長に目の敵にされたという。チーム長からすれば、あまりにも仕事ができない部下だと思っていたのかもしれない。理由がなんであれ、その社員はことあるごとにチーム長に叱られていたのだが、よりによって怪我をして入院することになった。ところが、犬猿の仲であるチーム長が毎日見舞いにやってきて「出勤しなくてもいいんだから、お前はラッキーだな」「俺の顔が見たくないから怪我したんだろ」などと言いにくる。罵ったわけではない。職場の上司が貴重な時間を割いて、部下の見舞いに来ただけなのだ。しかも、ご丁寧にジュースや果物まで買ってくる。転院しても、どうやって調べたのか、またやってくる。ここまでくると、治療もなにかも放り出して逃げ出したくなる。でも、そんなことができるだろうか？　近所で入院できる病院などわかりきっている。毎日見舞いに来て励ましてくれるチーム長を処罰することは至難の業だろう。「お前は人の善意をどうして素直に受け取らないんだ？」と言われるのがオチだ。

ほかにも、こんなことを言われたと訴える人に何人会ったかわからない。これもお前のためを思ってのことなんだ。全部お前の勉強のためだ。その程度もできなくて社会人が務まると思ってるのか。被害妄想じゃないのか。俺にケンカ売ってるのか？

反対に訊いてみたい。どうしてそこまでして人をいじめるのか。仕事ができなければ諭して教えればいいのに、なぜ二十枚も反省文を書かせるのか。静かに通り過ぎればいいのにどうしてわざとぶつかるのか。なぜ、時間と労力を費やしてまで嫌がっている人の見舞いに行くのか。どうして職場でわざわざ人を侮辱し羞恥心を抱かせるのか。なぜタメ口で話しセクハラをするのか。

一時、財閥の御曹司によるパワハラが話題になった。現にこの社会の至るところで、爪の先ほどでも力の差があれば、パワハラが起きる。それは決して私たちみんなの過ちではない。私たちみんなの過ちだと言ってしまうと、とくに加害者が悪いわけではないというふうに容易に捉えられてしまう。パワハラは、人権について教えない教育の問題であり、モラルに欠けた人間を教化しない制度の問題であり、いじめを娯楽として消費するメディアの問題であり、個人が生き残るためには沈黙せざるを得ない風潮をつくった社会の問題だ。加害者の過ちであり、私たちの課題なのだ。

年の瀬、あらゆるものの真っ只中で

二〇二一年が明けた。私はもともと年末年始にイベントを楽しむタイプだ。実家暮らしの頃は、毎年新年を迎えるたびに一家団欒パーティーを開いた。夫とも毎年なにかしらの小さなイベントをしている。昨年の一月一日はアブダビのモスクに行った。一昨年は飼い猫にスカーフを巻いてやった。その前の年は夫の両親と高級レストランに行って食事を楽しみ、家族写真を撮った。

今年の年末は、一年の終わりや始まりというよりは、コロナ時代という終わりのないトンネルの真っ只中にいるような感覚だった。なにかイベントをしようにもとくにアイディアが思い浮かばない。旅行にも行けず、実家の家族に会うこともできない。察しがよくなってきたうちの猫たちは、もうおとなしく座って服を着てくれない。だから、余計に年末気分を味わいたくなった。年末ムードを出せそうなことはなんでもやってみた。「花卉《かき》農家支援」のサイトでバラの花を五輪購入した。厳しい冷え込みで配送されるまでに時間がかかったが、無事新年一月に受け取ることができた。埃をかぶっていた花瓶も久しぶりに取り出した。毎月少しずつ積み立てを始めた。オンラインで知り合った友人らと、毎日一枚ずつ日めくりカレンダーにメモを書く集まりを作り、一枚一枚にイラストが書かれたミニカレンダーを買った。インスタグラムに写真を載せるための「映える」オシャレ背景も用意した。豆電球を灯した。キッチンのカーテンを部屋に移して模様替えをした。掃除もした。サイズが合わなかったり長いあいだ袖を通していない服を整理して、見えないところに積もった埃を拭き取った。引き出しには防虫剤と除湿剤を入れ、夏服と秋服にカバーをかけた。昨年は現場で一度も振れなかった大きなレインボーフラッグを取り出して壁に飾った。

身の回りを整理整頓したあとは、仕事の整理だ。名目上はサバティカル休暇だった二〇二〇年、しばし活動を休んでいた団体に今年からまた活動を再開すると連絡した。私が休んでいたあいだも現場は動いていた。たくさんの同志たちが年末年始を荒涼とした街で過ごした。私が監査役を務めているキム・ヨンギュン財団［泰安火力発電所で命を落とした非正規職雇用者キム・ヨンギュン氏の名前を冠した社団法人］は、年始にかけて重大災害企業処罰法制定運動を行なった。厳しい寒波のなかで断食を続けた。ある人は全国一周を、またある人は五体投地をした。暖房も電気も切れた事業場で闘った人もいれば、記者のいない記者会見をした人もいる。そのすべての現場で闘っていた同志たちに、二〇二〇年はどうだったかとは訊かなかった。二〇二一年もコロナは収束しないでしょうね、という言葉ではなく、二〇二一年は私も一緒に活動します、と言うように心がけた。

新年を迎えてからは、身の回りと仕事を少しずつ整理しながら、毎日ひとつずつアイスクリームを食べた。二〇二一年は二〇二〇年よりも良い年になると信じるために、甘いものが必要だった。パントア［アイスをスポンジケーキでサンドしたもの］、プンオサマンコ［フナ型のもなかアイス］、もち米アイス［だいふく型のアイス］、ワールドコーン［コーン型のアイス］。アイスがないときはチョコレートを食べた。おやつを食べた分だけ、新年は良い年になるだろうという確信が持てた。根拠があるのではなく、食べたおやつの量に基づいた確信だ。

気が重くなるような事件があったときはあえてニュースを見なかった。確信を持つには、意識的に無知になることもほんのひと匙くらいは必要なのだ。YouTubeの自動再生機能でK-POPを流しっぱなしにして、キッチンから持ってきたカーテンを取り付けた部屋に座り、小さな曼荼羅を描いた。

新年だからといって、なにかがすぐに解決するわけではない。変わったことといえば、最低賃金くらいしか思い浮かばない。それでもあえて、二〇二〇年の終わりと二〇二一年の始まりに、力いっぱい線を描いた。根拠のない確信と勇気を持つために。

起こってしまうこと

起こってしまうことがある。私は、起こってしまったことの前で立ち上がった人たちを見つめる。そして、考える。死を早める決定、無理に生き長らえようとする瞬間、もう手遅れになってしまった、たくさんのことについて。乾いた葉擦れの音、むき出しになった切り株、広く深い影のような、心に痕を残さざるを得ないものを思い浮かべる。

そして、「すぎる」という言葉をつけられないものたちについて考える。生き生きとしすぎている生命、豊かすぎる心、執拗すぎる勇気といった、朽ち果ててしまったものについて。

＊　済州第二空港の建設に反対し、伐採される杉の群生林を守るために、緑の腰巻きをつけ木の姿を模した市民らが「私は済州に植生する〇〇〇です」と書かれた紙を持って抗議パフォーマンスを行なっている。

＊

写真©Donghyo Song

目には見えない

数年前、国を揺るがす事件が後を経たなかった頃。私自身も事務所の運営にデモ活動にと昼夜慌ただしく過ごしていた。そんなある日、共に活動していたA弁護士と話しながらあっと驚いたことがある。A弁護士は、献身的に人権擁護活動をしている方なのだが、同じ人権弁護士のB弁護士の話が出ると、ふいに「あの人、ひとつも忙しくないですよ。大した仕事もしていないのに」と言ったのだ。

B弁護士は、ほかの人権分野で体が十あっても足りないほど旺盛に活動していた。当時受け持っていた重要事件も一つや二つではなく、討論会や行事、現場にも欠かせない人物だった。生業のほうは大丈夫なのだろうかと思うほど、いつも最前線で活動していた。そういう面では、A弁護士もB弁護士も同じだ。ただ、二人は活動領域がまったく違うので、たまに偶然顔を合わせるくらいしか会う機会がなかった。

「大した仕事もしていないのに」という言葉に、まったく悪意はない。悪意がないのに、どうしてそんなことが言えるのかと思うかもしれないが、実際に大部分の人はこれといって悪意も善意もなく、深く考えもせずに何気なく言葉を口にすることが往々にしてある。その発言も、おそらくそんな言葉のうちのひとつだったのだと思う。口にした人はもうとっくに忘れてしまっているだろう。でも、私はその日の夜、どういうわけか無性に腹が立ち、悔しくて眠れなかった。どうしてあんなに骨身を削って働いている人に向かって、大した仕事もしていないなどと言えるのだろう？　それも同じ立場にいる人に。

答えは簡単だ。見えないからだ。たいそうな理由を並べ立てるまでもなく、物理的に考えれば答えが出る。時間がなければ見ることもできない。目の前の仕事をこなすだけで精一杯なのだ。むしろ、自分が抱えている仕事が多ければ多いほど、重要であれば重要であるほど、その向こうにあるものは見えなくなることがある。見ないようにしているのではなく、とても見る余力がないからだ。すでに、この社会が抱えているひとつ分の問題の大きさは、誰かひとりが多方面から深く関わるには複雑すぎる。だから、おのずとひとつのことに熱中し関心を向けるほど、それ以外の問題については反対に、誰がどれだけ働いているのかよくわからなくなる。

もちろんこれは答えの半分に過ぎない。見えないからといって、ないわけではないからだ。目には見えないからはじめからないものと、ついそう思ってしまうだけなのだ。これも、大した悪意や善意がなくとも起こり得る自然な心理だ。見えないとわからない。わからないものはないものになりやすい。青少年参政権について一度も考えたことのない人が、青少年参政権を地道に主張しながら青少年から成人になっていった人たちのことを想像できるだろうか。女性の人権について一度も考えたことのない人が、女性人権運動そのものが職業である人の日課を具体的にイメージできるだろうか。このように、具体的に思い描けない未知の領域を、目に見えない他人の生活と闘争を、存在しないものと見做すのは実にたやすいことなのだ。

このような錯覚ないしは錯視が生まれるのは、そうするほうが気楽だからだ。自分が奮闘しているのと同じように他人も各自の分野で必死に努力していると考えるよりも、自分がつらいのと同じくらい他人もつらい思いをしているのに、いつまで経っても世の中は変わらないと嘆くよりも、ある線の外側の世界とそこにいる人に対する想像や心配をシャットアウトしてしまうほうが、楽な気持ちでいられるのだ。よくはわからないが、精神衛生上もそのほうがいいのかもしれない。

でも、そうしてはいけない。

それではいけない。

すべての場所で、すべての人が、なにかを、なんであれやっているのだと信じなければならない。

たとえ目には見えなくても。それがなにかはよくわからなくても、問題があるなら、その問題に「取り組んでいる」人、「今までどこかでなにかをやってきた」人がいるのだと信じるべきだ。見えなければ、まず自分がちゃんと見ていないからだと考え、次に、ただ自分が知らないだけだと考える。見えない人は別の場所にいて、見えない場所にはほかの人が立っているのだと信じなければならない。そういった信頼が私たちを支えているのだと、私は信じている。

第二部

発言する女性として生きるということ

話を聞いてくれ

数年前から、ひとりでやっている運動がある。それらしき名前をつけるなら、「男女比合わせ」とでもいおうか。内容とやり方はシンプルだ。

まずどんな場所であれ、男性がより多く発言する場合、私もそれと同じ分だけ発言し、男女が発する言葉の絶対量のジェンダーバランスを合わせるのだ。発言内容が良いに越したことはないが、この運動のポイントはずばり発言の絶対量の釣り合いなので、話のレベルまで保つのは難しい日もある。話が長くなると中身が薄くなるからだ。それでも、発言の質は二の次で、とにかく、男が話す分だけ女も話す、これが一つ目の運動だ。

次に、自分に決定権や推薦権が委ねられた場合、とにかくまずは女性を推薦する。弁護士という仕事柄もあってか、どんな諮問会議、実務者会議、シンポジウム、講演、懇談会に参加しても男性が多い。男女比が一対一になることも皆無に等しい。だから、誰か推薦してほしいという依頼を受けたときは、真っ先に性別を考える。候補者が優秀ならなお良いが、実のところこの点はさほど心配には及ばない。有能な女性は実に多いからだ。ささやかなところでは、講義のあと聴衆から質問を受けるときも、まずはなるべく女性を指名するようにしている。そうしなければ、男性陣しか質問や発言をしない場合もある。そういう状況をつくらないように心掛けている。

三つ目は、同じ会議などで女性が発言したら、できる限り支持し同意する。自分の意見と違う場合どうするか？　驚くことに、大部分の女性の考えや発言は筋が通っている。ほとんどの人の考えや発言がたいていは正しいように、女性の主張もたいがいの場合、反駁しなければならないほど支離滅裂なことはめったにない。ことに、男女比がアンバランスな場で女性の発言する内容は、充分に練り上げられていることが多いからかもしれない。やってみたところ、三つのなかではこれがいちばん簡単だった。

ならば、この三つのうちいちばん難しいものはどれか。一つ目だ。この社会において、男性のもつ発言権がいかに大きいか、そして彼らの話を聞くために私たちがどれほど膨大な時間を割いているか、さらに、「延々と」話す男性がどんなに多いことか！　一つ目の運動の目標を達成するには、必ずといっていいほど男性の話に割って入らなければならない。はじめは驚くほどだった。ふだん意識することがなかったからだ。薄っぺらでこれといった情報価値がない話であっても、社会では男の発する言葉に、とにかく「続けることを許される力」が与えられている。時間には限りがあるため、その力が働いている以上、男女比の釣り合いが取れることはあり得ない。加えてその裏では、女に「耳を傾け反応することを求める力」が作用している。

ある日の会議で時間を計ってみた。自分から先に発言せず、ただ男性陣の話が長すぎて女性の発言があまりに少ないと思ったときだけ、ざっと計算して一対一になるように話したのだが、発言時間は一日でほぼ六時間だった。それでやっと五分五分だ。いったい男性はなぜこうもおしゃべりなのだろう。

最近では、女性の発言が増えてきたと思う人も多いだろう。それで、男はおっかなくて発言なんてできやしないという、まったく笑えない無駄口をたたく——そんな話に時間を使えることがうらやましい限りだ——男性もいる。これは自信を持って言えることだが、ストップウォッチで計って比べてみれば、未だに女の発言は男の半分にも遠く及ばないだろう。この社会のすべての話をかき集めて積み上げたとして、そのうち女の言葉のかたまりは男の言葉のかたまりに比べればごく小さなものだろう。届くことなく、呑み込まれた言葉のほうがはるかに多いだろう。男性の話を遮ることができずに、躊躇しているあいだに消えてしまった言葉のほうが、ずっと、ずっと多いのだ。

だから、与えられた字数を最大限使って私は言いたい。男たちよ、とにかく話を聞いて。せめて半々になるまで。話を聞いてくれと。

弁護士と女性弁護士

女性弁護士になって十年目。おかしな文章だ。私は生まれたときからシスジェンダーの女性で、ずっと女として生きてきた。だから、正確には「私は女だ。弁護士になって十年になる」が正しい表現だろう。しかし、実際に仕事をしながら、私はただの「弁護士」ではなく「女性弁護士」になることが往々にしてある。

この世には弁護士と女性弁護士がいる。例を挙げてみよう。私が仕事をきっちりこなせば、「女性弁護士」だ。慎重かつ真面目に仕事に取り組むのは「女性弁護士」の特徴だという。しかも、褒め言葉としてそう言うのだ。私が男性だったら、ただの「仕事ができる弁護士」だっただろう。私は話すスピードが速いほうだ。これもときに「女性弁護士」である所以となる。早口だとなぜ女性弁護士なのかよく考えてみたのだが、低い声でゆっくり話すのが弁護士であり、そうでなければ女性弁護士なのだろう。

弁護士になって一年目のことだ。同い年で同期の男性弁護士と机を並べて仕事をしていると、私が主務を担当していることを明らかに知っている人ですら、私ではなく同期の男性に話しかけるのだった。私には目もくれず、男性のほうだけを見て話す人があまりに多いので、彼の頭に後光でもさしているのかと思うほどだった。だが、彼に後光がさしているのではなく、私に「女性弁護士」という影がさしていることを間もなく悟った。

二年目の頃、私は国選弁護士として被告人と話しながら、「姉ちゃん」という言葉を三回以上耳にした。はじめはいちいち指摘せずに聞き流していた。弁護士としてきちんと本分を果たしさえすれば、相手のぞんざいな態度や呼び方は重要でないと思ったからだ。でも、これは理想であり欺瞞だった。私は、呼称とはある種の信号であり、不適切な呼称を我慢して聞き続けていれば、いずれは仕事もろくに回らなくなるということにすぐに気付いた。あるとき、ついに私は「姉ちゃん」という言葉を聞くや否や、机にボールペンを投げ捨てた。「今なんとおっしゃいましたか？　姉ちゃんではなく弁護士と呼んでください」。私は謝罪を受け、一件落着となった。それ以降、彼は「弁護士」の言葉にしっかりと耳を傾けるようになった。

三年目の頃、公共機関や委員会の会議にいくつか参加するようになった。私は、自分の発言の順序が自然に回ってくるのを待っていた。中年の男性たちが低い声で発言していく。冗長極まりない話を延々と。ある日、私はマイクの電源を入れて話し始めた。それでやっと、会議に参加した専門家になれたのだ。多分、うるさいだとか、目上の人の言葉を遮るとはけしからんといった反応もあったかもしれない。でも、話に割って入らないことには、誰も「若手の女性弁護士」である私に先にマイクを向けてはくれない。

こうやって過ごすあいだ、知り合いの女性弁護士はひとり、ふたりと現場から遠のいていった。優秀な弁護士が結婚し、出産した。SNSには、残業中の机に置かれたコーヒーカップや旅行の写真の代わりに、子どもの写真や離乳食の作り方の動画、キッズカフェの写真が投稿されるようになった。同年代の「普通の弁護士」は、相変わらず仕事をこなし、休暇を取り、巨視的な世界について考察することもしばしばだった。「女性弁護士」は、気の合うベビーシッターを探すのが難しいという悩みを打ち明けた。退勤時間や夫の人事異動のせいで、退職すべきかどうか頭を悩ませた。キャリア採用で入るには、離婚専門事務所以外は厳しそうだと嘆いた。一線を退いた人も少なくはない。

普通の弁護士であり続けられるなら、仕事が自分に合っていれば働き続け、働きやすい職場であれば通い続ければいい。職を失えばまた探せばいい。それが資格を持っているということのメリットではないか。でも、女性弁護士は、これに加えて、消えてしまわぬように耐えなければならない。

私は内心、自分の目に留まるすべての女性弁護士を同僚と思っていた。そして、同僚が業界から消えていくたびに深い悲しみに暮れた。もちろん、すべては自分で選択し決定したことだろう。しかし、自分の選択という言葉は、ときに欺瞞を含んでいる。十年しか経っていないのに、すでに同年輩の同僚のうち半分以上は、仕事を辞めていたり辞めなくてもいいように奮闘している。女に生まれたいと自ら望み選んだわけではない。身体もアイデンティティも変えることはできない。自分で選択できたのは弁護士という職業だけ。にもかかわらず、あるいは、だからこそ、女性弁護士として生きるということはときにそれだけで、今日も一日弁護士として務めを果たしたということだけで、一種の社会運動になる。そんなことまで自分が選んだわけではなかったとしても。

発言する女性として生きるということ

先日、ある会議で小グループに分かれて討論する機会があった。規模の大きい本会議には女性の参加者も少なからず見受けられた。もちろん、それでも全参加者の半分にも満たないが。一見すると、男性三、四人に女性が一人といった具合だ。最近は、だいたい二〜三割くらいをいわゆる女性枠として確保しているようだ。言い方を変えれば、男性が七割以上を占めるということだ。

その本会議が少規模の分科会に分かれた結果、すべてのグループが全員男性、または女性一人に男性三、四人という性比で構成された。経験のある人はわかるかもしれないが、女性一人に男性二人というのは、女性二人に男性六人よりも分が悪い。こうやって、片方の性別に偏った小さな集団のなかに入ると、少数派の発言権は極端に小さくなる。一人だと孤立するだけでなく、その唯一の女性が若いともなれば年齢による序列でさらに劣勢になる。

三十代の女性弁護士である私は、多くの意思決定構造において唯一の、または二人のうちの一人の、あるいは三割に該当する女性として参加する。長きにわたる人権運動と教育の歴史が生み出した「男だけだとちょっとアレだから」とか「女性が三割はいないと」といった社会的合意が生み出したぎりぎりの席。たいていはそのわずかな席が、この時代この社会で、高学歴の専門職の女性に許された数少ない場所なのだ。

全員で何人だろうが、年齢や価値観がどうだろうが、女性が二人でもいれば希望が見える。三人いれば事が上手く運びそうな気もする。自分一人の場合は、戦闘態勢で会議に臨まなければならない。私も考え、発言できるのだという存在証明のための準備をしなければならないのだ。

私は若いうえ女性であるがゆえに、はじめは空気扱いされることが多い。喩えではない。職責や地位の順では私のほうがずっと上なのに、相手が私を飛ばして挨拶したり名刺を差し出すということを、短い人生のなかで何度も経験している。中堅企業の女性CEOである知人は、貴賓として自治団体長の隣に座っていたところ、秘書に間違えられたことがあるという。女性弁護士と男性弁護士が一緒にいるときの、男性だけに声をかける人の多さは言うまでもない。とにかく、そういうわけで空気がマイクのスイッチを入れて話し始めると、皆世紀の大発見をしたかのようにあっと驚くのだ。次に、その空気が意外にも仕事ができる場合——私は仕事ができるほうだ——空気ではなくなり次第にいろんな仕事を任されるようになる。すると、その仕事をやり抜くと同時に、絶えずアピールし続けなければならない。それでやっと、自分がこなした仕事の半分くらいが認められるのだ。

男性が少ない集まりもどこかにあるかもしれないが、財源分配、政策決定、公権力行使、経営判断のように、巨視的な影響力のある意思決定が行われる場において、男性が少数のケースはないに等しい。ニュースに映し出される会議や行事の様子をほんの少し見ているだけでもわかる。新聞の政治・経済面に載っている顔写真を数えるだけでも明らかだ。常に男性のほうが多い。うんざりするほどに。さらに、発言したがる男性は多いわりに、人の話を聞こうとする男性は少ない。数多くの会議で発言権を与えられることに慣れている人々は、相手の話に耳を傾けず自分が言いたいことだけを長々と喋る。そうなると、半ば自ら申し出るようにして幹事や総務役になった女性が実務を担う可能性がかなり高くなる。

そんな大げさな、と思う人がいるなら、今すぐ各新聞のコラム欄の客員論説委員の性別を見てほしい。どこも男性のほうが多い。女性が少ないのは、文章を書く実力と資格を兼ね備えた女性が絶対的に不足しているからというわけではないだろう。それは単に、影響力を持つ場はどこも不平等なため、メディアにおける発言権のジェンダーバランスも取れていないだけなのだ。

この社会で女性として生きるには、絶えず自分を奮い立たせなければならない。自分の発するほぼすべての社会的発言に「女だから」というフィルターをかけられることを覚悟しなければならない。韓国で発言する女性として生きるということは、そんな覚悟を持って、それでも次の世代のために女性の居場所をひとつでも多く確保できるように、発言し、主張し続けるということだ。世間が耳を傾けずにはいられなくなるまで。

候補者も我慢ならない人たち

先日、与党の国会議員が、「男女同数法」と名付けた選挙関連三法〔公職選挙法、政党法、政治資金法〕の改正案を代表で発議した。政党が公職選挙の公認候補を立てる〔韓国では公薦という〕際、女性候補者の数を五割以上にすることを義務付けようというものだ。現行法では、国会議員選挙で女性候補者が三割以上になるように勧告しているが、勧告にとどまっているため、男女比を合わせなくても不利益を課す規定はない。

政党の公薦を受ける女性候補者が少なすぎるため、投票を通じて「女性の代表者を選出したい」という意思を表現することはかなり難しい。私の住む地域区は、国会議員選挙の候補者も区庁長の候補者もすべて男性だった。性別を考慮して投票する機会自体がない。振り返ってみると、成人になって二、三回引っ越ししたがどの地域でもそうだった。

女性有権者のための公約だと謳いながら、「子どもにとって安全な街」「優秀な高校を誘致しハイレベルな教育を」といったスローガンを掲げているのを見るたびにため息が出る。子どもたちが安全なのは良いことだ。教育レベルが上がるのも望ましい。しかし、このような公約が広報パンフレットの裏に書かれていること自体がもどかしかった。選挙を迎えるたびに、保護者でも母親でも妻でもない、ひとりの有権者である女性は、充分に尊重されていないという印象を受けた。候補者を性別ありきで考える機会自体がなかった。

女性が公薦候補として選挙に出馬すれば、ほかの候補者より有能な女性もいれば、そうでない女性もいるだろう。自分とは政治観がまったく異なる女性もいれば、目指す価値に共感し快く支持したくなる女性もいると思う。今までは、この文中の「女性」と書かれた箇所にはすべて「男性」がいた。それでも、読んだり書いたりするときは「候補者」と呼ばれる。有能な候補者、無能な候補者、保守系の候補者、革新系の候補者。このように呼ばれていても、それはすべて男性だった。

公薦は当選を保証するものではない。有権者の選択に委ねられる前に、まず法を改正し男女同数条項を設けるべき理由も、公薦は最低限の機会均等であるからだ。高等教育と社会活動の機会において男女格差が存在する韓国の現実を鑑みると、候補者の男女比を制度的に補正しなければ、より多くの女性候補者を公薦した政党は敗北するリスクが高くなる。同じ成績でも、息子は人文系の高校に行かせ、娘は商業高校に行かせるのは、なにも大昔のことではなく私が中学の頃の話だ。息子はなんとしてでも大学に進学させるが、娘にはそこまでのレベルの教育を受けさせない家庭は少なくなかった。大学を卒業したあとに目の当たりにする差別は言うまでもない。

このように積み重なってきた機会のはく奪によって、今日の韓国では、被選挙権を持つ年代の女性が男性と同等レベルのキャリアや職責についている可能性はやや低いと言わざるを得ない。その結果、男性が「客観的に」より立派だから選択する、という歪みが生じる。これは社会が生み出した差別だ。今、韓国における公選職の男女比は情けないほどアンバランスだ。

男女同数の公薦は、性別ありきの状態で候補群を再構成しようという提案だ。女性候補者の割合を六割、七割にしようというものでもなければ、男女半々で当選させようというものでもない。候補者の男女比をちょうど半分ずつにしようというこの提案は、いささか機械的かもしれない。ところが、この代案にも反発があるという。男女同数の「候補者」を立てることすら我慢ならない人が、この世には存在するのだ。

しかし、私はこれ以上、そもそも投票の段階でもジェンダーを考慮できない現実に屈したくはない。かろうじて発言権を得たわずかな女性が、九十九人の男性を前にして、すべての女性を代表しなければならない現状も変えたい。有能な女性も、そうでない女性も見てみたい。この人を選ぶんじゃなかったと後悔したり、この人を選んでよかったと喜べる体験をもっとしてみたい。女性候補者のいる選挙でさえも贅沢だとみなされるこの現実を変え、支持したくなる候補者がいる選挙というものを、死ぬまでに体験してみたいものだ。

どうして産まないのか

人事聴聞会*の最中、野党の国会議員が公正取引委員長の候補者に「まだ結婚されてないんでしょう?」「自分の出世もいいが国の発展に貢献してほしいものだ」という発言をしたという。人事聴聞会という至極公的な場で、このような質問を思いついただけでなく実際に口にする男性が、国民を代表する国会議員を平然と務めているのだ。このように女性は、長官級の公職候補者として検証を受ける場でも、結婚と出産についての質問から逃れることはできない。

統計庁は二〇一九年、過去四年間の韓国の合計特殊出生率が二百一か国中最下位だったという資料を発表した。その後、出生率低下に関する分析と報道が相次いだ。おそらく、もうじきなにかしらの政策的な代案も提示されるだろう。しかし、いわゆる出産可能年齢の女性として肌で感じる現実は少しも変わっていない。統計もしかり、冒頭の人事聴聞会の発言もしかり、実際に体験した現実と重なる。つまり、この数年間、韓国に住みながら私はただの一度も「子どもを産もうかな」と思えるほどの変化を実感できなかっただけでなく、メディアの少子化報道に触れながら「どうして子どもを産まないんだ？」「最近は四十歳でも高齢出産とは言わない」という呆れた発言も折に触れて耳にした。

産むものか。この国で子どもなんて産んでたまるか。

私の下した結論を包み隠さず書くならこうだ。親が私に与えてくれたような家庭を作りたくないというわけではない。私はいわゆる「正常な」家庭で幸せに育ったし、ともすれば、韓国社会がともう少しだけでも、女性を出産の義務を負った「家畜」ではなく人間のように扱う素振りでも見せてくれたなら、今頃は子どもを二人くらい産み、保守的なグループに属していたと思う。成長する過程で親子の強い絆や絶対的な愛情と無限の信頼を身をもって感じてきたし、子どもの頃に経験したすべてのことを、今度は親の立場でもう一度やってみたかった。当然、そうなるだろうと思っていた時期もある。私は、自分が経験した家族という関係を築いたり親になるということには、自分に降りかかるかもしれない社会的、身体的リスクを負うだけの価値があると心から信じていた。

それでも、限度というものがあるだろう。

＊ 公選によらない任命職の公職者を大統領が任命する際に、国会においてその候補者に対する検証を行うこと。

出生率の低下にはいくつか理由がある。まずは、いわゆる「正常な」家族でなければならないという社会からの強い圧力だ。少子化対策のうち、相当数は「カップリング」プログラムである。一定の年齢になり、社会的・法的に認められた婚姻をした人たちだけに、子どもを安全に育てられる機会が与えられる。非婚の親に対する支援は絶対的に足りていない。異性間で婚姻し子どもを産んでこそ、社会に円満に溶け込むことができる。

次に、出産と育児のリスクが女性に偏りすぎているということだ。出産が国の発展に資するのだと公の場で堂々と発言した男性国会議員は、どう逆立ちしても子は産めない。あえて言わせてもらえば、私は、他人に向かって、子どもを産め、ひとりっ子はかわいそうだ、娘がいい、息子がいいなどと並べ立てる人のなかに、実際に出産と育児において能動的な役割を果たした人はほぼいないだろうと思っている。

最後に、孤立と断絶だ。私の知人のなかで出産した人は多くない。彼女たちはほぼ百パーセント、どんな形であれ身体的変化と社会的孤立を経験している。少なくとも三十年以上の人生で作り上げられた人間としてのひとつの社会的人格は、妊産婦——そしてゆくゆくは母親という、あまりにも重く一方的な役割の重圧に押しつぶされてしまう。キャリアの断絶という言葉では不十分だ。出産によって断ち切られるのはキャリアだけではない。

いくら見渡してみても、望みをもてそうな事例が見当たらない。先の人事聴聞会のように、女性であれば何歳だろうがなにを成し遂げようが、韓国ではあんなことを言われるのがオチだ、という経験だけが直接、間接的に積もっていく。ともすれば、私も母親になっていたかもしれない。しかし、今のこの国では、やはりいくら考えてみたところで答えは「産まない」だ。

少子化は国の責任

野党の院内代表［日本の国会対策委員長にあたる］が、「出産主導型の成長」云々と主張したというニュースを見て、思わず声を出して笑ってしまった。このような、女性を未来の納税者を産む機械くらいにしか思わない扱いには、もう怒る気にすらならない。「少子高齢化」が深刻な社会問題となってもう十数年になる。さまざまな対策が講じられ、これまで数兆ウォンが少子化対策に投じられたという。しかし、これほど多額の予算を費やしたにもかかわらず、私たちの世代は妊娠という選択をしない。

某野党国会議員は、「最近の若者は自分が幸せに暮らすことが大事なので出産しようとしない」と発言したという。ひっくり返せば、最近の若者は、いわゆる出産可能年齢の人口の多くは、出産すれば自分は幸せになれないだろう、今より生活レベルが下がるだろうと考えているということだ。この発言には非難ごうごうで、その非難も当然ではあるのだが、彼の現実の捉え方はかなり的を射ている部分もある。まさに、今日の韓国において、妊娠と出産は個人にとって懲罰的なものであるということだ。

妊娠と出産は、いくら医術が発達しても母体に相当な危険を及ぼす。たとえ医療費を国が全額負担するとしても――そんなことはありえないが――それだけのリスクを負って妊娠、出産をするかどうか慎重に考えなければならない。加えて韓国社会では、出産による社会的侮蔑、経済的損失、個人的不安が伴う。

今日、女性が出産によってキャリアの断絶を強いられ、社会的に孤立し、良質な雇用から排除されることは、言うに及ばぬ周知の事実だ。数多くの女性が半ば自発的に職を失い、いわゆるキャリアの断絶に追いやられる。人事評価で最下位になるくらいで済むならまだましで、多くの場合は新しい職を探すか、仕事自体を続けられなくなる。

それに加え、あるいはそのせいで、子どものいる世帯は貧乏になる。母親のキャリアの断絶は、世帯単位で見れば所得減少に直結するからだ。収入は減り支出は増えるのに、この経済的な地位の下落は出産を選んだ夫婦がどんなに努力してもそうそう回復するものではない。

社会が乳幼児に好意的なわけでもない。乳幼児をつれて公共の場所に出かけるのはなかなか大変なことだ。多くの人は子どもに冷ややかな目を向ける。騒音を発しかねない子どもをつれて地下鉄などに乗ったことがある人は、四方から向けられる冷たい視線を感じたことがあるだろう。「ノーキッズゾーン（子連れ入店禁止）」という差別が、資本主義では当然なものとして擁護される。

それでも、問題がこの程度まで浮き彫りになっているのは、いわゆる「正常な」家族の場合だ。非婚の親にとって出産はさらに過酷だ。すべての子どもに人的事項欄［本人・親族に関する個人情報を記入する欄］をすっかり埋められる両親がいるということを前提としているだけに、父か母、いずれかの親を正確に記載することができなければ、出生届の段階からつまずくことになる。韓国は「国連子どもの権利条約」で定められている普遍的な出生登録制度を導入しておらず、改善勧告を受けた。このように今韓国では、妊娠、出産、育児による経済的、社会的費用を、社会ではなく個人が負担している。

ならば、国はなにをしているのか？　強迫だ。出生率が下がり続ければ福祉システムが崩壊し、国の経済成長が鈍化するという。その通りだ。少子化の進行によるセーフティネットの弱体化は、高齢者世代のみならず、すべての世代で、より貧しい人により大きな打撃を与える。そして、この貧富の格差の広がりは、危険な国や不正義な社会を生む可能性が高い。

しかし、妊娠すれば社会的成果を生める機会が大きく減るばかりか経済事情も悪化し、網目の細かいザルでふるいにかけられる選別主義的な福祉政策のもとで、育児から老後までのすべてを個人が負担しなければならない国に住んでいる以上、国の年金財政事情まで心配してやれる余裕などない。その心配は、もとから個人ではなく国がすべきなのだ。そして今、出産可能世代が出産をめぐり、正確には出産を諦め、妊娠につながる結婚をせず、結婚につながる恋愛さえもやめて抱えている悩みもまた、本来は国が考えるべきことなのだ。

少子化推奨の最前線で

韓国政府の公式ツイッターアカウントに掲示された「少子化克服プロジェクト」という題名の動画が、若者のあいだで大きな反響を呼んだ。多子［韓国では一般的に二人以上の子どもを養っている場合を意味する］家庭の夫婦五十組が、ほかの夫婦の第二子の妊娠に関する相談に乗る「カウンセリング」という少子化対策政策を紹介すると同時に、政府の担当部署に出産に関する悩みを寄せた国民には二十万ウォン相当の商品券を贈呈するという内容を紹介したキャンペーン動画だ。累積視聴者は約三十万人に上る。

三十万人もの人が、少子化克服プロジェクトという味気ない題名の動画を見たのだから、数字だけを見れば大成功といえるかもしれない。

しかし、この動画がここまで人気を集めた理由は、面白さや説得力があったからではない。この「少子化克服プロジェクト」の動画自体が、あるネットユーザーの言葉を借りるなら「少子化推奨プロジェクト」だったからだ。

動画はこんなシーンで始まる。ひとりの女性が、信号が変わるや否や横断歩道を走っていく。女性が向かう先は保育園。母親を待ちながらひとりおもちゃで遊んでいる女の子が顔を上げ、母の姿を見て喜ぶ。母と娘は手をつないで歩いていく。その隣で、別の女性が自分の母親と一緒にベビーカーを押しながら通り過ぎる。娘が母を見ながら、きょうだいが欲しいという。母親は考えに耽る。このような「一世一代の悩み」を抱えた母親のために、子どもを二人以上産んだ夫婦がアドバイスをします、というフレーズが流れる。その母親は、家のソファに座って別の夫婦からアドバイスを受ける。

この四十五秒の動画は、私たちの世代が妊娠と出産をしない理由、少子化対策がまったく効を奏していない理由を、赤裸々に見せてくれている。

まず、この動画には父親が登場しない。二人目の妊娠について悩んでいるのに、父親は一切出てこない。男優をキャスティングできなかったのかと思ったちょうどそのとき、ようやくひとり、男性のアドバイザーが登場する。「カウンセリング」の相談を受けているのも母親だけ。女性がひとりで妊娠できるわけがないのに（精子が必要なのだから）、妊娠と出産は、男女双方ではなく女性だけの悩みなのだという政府のメッセージが、これでもかというほどわかりやすく伝わってくる。この動画はまったくの時代錯誤だ。大部分の常識ある夫婦は、ともに悩み、ともに相談し、二人目の妊娠を決定する。

次に、育児をするのは母親だけだ。娘を迎えに急いで保育園に向かうのも母親。きょうだいが欲しいとだだをこねる娘をなだめるのも母親。ベビーカーを押しながら通り過ぎていく人も母親だ。もしこれが、仲のよさそうな男女が夜に保育園を訪ね、保育教師による一対一のケアを受けながら安全に、楽しそうに遊んでいる我が子の姿を見ながら「大変だけど、これならもうひとり産んでもいいかもしれない」と考える動画だとしても受け入れられるかどうかというくらいなのに、国として充分な公共保育支援を計画したり、社会的に平等な育児を奨励するといったジェスチャーすらない。

最後に、専門家が出てこない。子どもが二人以上いる別の夫婦は、少子化問題の専門家ではない。ホームページに入って詳しく読んでみると、子どもが二人以上いる五十組の夫婦を選んでインタビュー動画を撮影し、PRミッションを達成すれば、育児支援金として二百万ウォンが支払われるという。ひとたびネット上に動画が掲載されると、半永久的に人々の目にさらされるこの時代に、自分の顔や家族構成を動画で公開してでも二百万ウォンをもらわないとやっていけないのが多子家庭の親が直面している現実なのですよ、というPRなのだろうか。同世代の友人、両家の親、教会の役員、地下鉄の乗客A、将来受け取る国民年金の心配をするおじさんB、最近の若者の自己中心的な考え方が気に入らない老人Cなど、出産可能年齢の若者たちはすでに、国の心配で頭がいっぱいの非専門家たちに囲まれている。二百万ウォンを受け取った五十組の夫婦がそこに加わったからといって、子どもはひとりも産まれないだろう。

少子高齢化対策に十年間で百兆ウォンが投じられたという。このレベルの政策が集まって百兆ウォンなのだから、それだけの予算を費やしても韓国の合計出生率が一・〇を割るのも無理はない。国が少子化推奨の最前線でここまで努力しているというのに、誰が子どもを産もうと思うだろうか。

結婚と闘争

週末、疲れていたのでひと眠りしようと横になっていたら、キッチンがなにやら騒がしい。夫が洗い物をしているようだ。しばらく鳴りやまないカチャカチャという雑音に、眠りを妨げられた苛立ちが募る。どうして寝室のドアを閉めてくれないの？　どうしてわざわざ今洗い物を？

不満は次から次へとあふれ出る。夫はドアを閉めない。十年以上一緒に暮らしているというのに、お願いだからクローゼットの扉を閉めてね、引き出しを閉めてね、という言葉を今まで何度口にしたかわからない。似たようなレパートリーには「ゴミ箱にゴミを捨てるときは軽く押し込んでね」「宅配便の箱はテーブルの上じゃなくて床に置いてね」「ホームクリーニング機のなかの埃を拭き取ってね」などがある。

服を着替え朝食を食べて出勤すると、母親が食卓を片付けクローゼットの扉を閉めて電気を消してくれるという三十年来の習慣が、五十歳を目前にした今も、私が十年以上言い続けているにもかかわらずまったく変わらないのである。ちゃんとやっているなと思っても、ちょっとでも気を抜けばまたもキャビネットは開けっぱなし、半開きのタンスの引き出しからは靴下や下着がはみ出たまま、というありさまだ。

なにも私の育ちが特別なわけではないだろう。机に向かって勉強し、きれいにアイロンがけされた制服を着て登校し、清潔なベッドで寝た。一日二回、母が届けてくれる温かい弁当を食べながら学校生活を送った［韓国の高校では放課後も夜まで教室に残って自習をするため弁当を二つ用意する］。それに、私はひとり暮らしをしていた頃も自炊はしていない。いつも出来合いを買って食べていた。

そんな私がなぜ、家事のことを気にかけなければならないのか。どうしてその「管理」がおのずと私の役割になるのだろう。私はどうしてその管理という精神的な労働から解放されないのだろう。なぜ自分のエネルギーを「トイレットペーパーを最後に使い切った人が補充する」というルールを守ったり、「そろそろキッチンのカーテンを洗わなきゃ」といった判断をするために使わなければならないのだろう。

すっかり目が冴え、怒りがこみ上げてくる。悔しい。この「悔しいことシリーズ」は事あるごとに登場する。なによりも奇妙で腹立たしいのは、彼は今も良い夫であり、私は夫を愛していて、夫は明らかに「平均以上」のレベルで絶えず努力しているにもかかわらず、依然として私が管理や世話というしがらみから自由になれないということだ。

ひとりで暮らしていても、私は周期的にカーテンを洗濯しただろう。でも、そろそろ洗いどきかなというときに、自分で洗うかパートナーに相談するかお手伝いさんに頼むかで、これほどまでに時間を費やして頭を悩ませることはなかったと思う。ひとりで暮らしていても、私は洗い物をしただろう。でも同性と暮らしていたなら、かなり高い確率で「ちょっと横になりたいから、出かけるときは電気を消してドアを閉めて、家事をするなら静かにしてね」とわざわざ言わなくても、心置きなく眠れたはずだ。

韓国社会で刷り込まれた女性と男性の日常はまるで違っている。社会生活では管理監督者の地位と決定権は高評価される反面、家事で欠かせない管理、判断、調整は、能力や労働ではなく「小言」や「やろうと思えばいつでもできるもの」と低評価される。女性は、自分なりに家事をやってのけてもそれはできて当たり前。男性の場合、誰に言われなくても冷蔵庫の掃除でも始めた日には、たちまち理想の夫、家事メンともてはやされるのだ。この大きな隔たりは、安易に容認されてきた。

私は異性との法律婚を選択するにあたり、さまざまなことを覚悟しなければならないと漠然と感じていた。自信に満ちていた当時二十六歳の学生だった私は、結婚とは自分も既存の制度のなかで生きていく「政治的選択」をすることだと考えていた。単に、これまでの当事者性を失い、既成世代の慣習から得られる安定という保守的な道を選んだからには、どんな形であれ、社会的責任を負わなければならないと思った。とはいえ、日常を維持することが当然のごとく自分の役割になるとは。自分の目にもはっきりと見えていなかったのだ。この業務を、私的には分担し、社会的には可視化し、政治的には議題化することが、既婚女性となった私の課題になるとは思ってもみなかった。これが、こんなにも当たり前で、ありふれていて、必然的なことだとは。

「シュッシュッポッポッ」と「ドスンドスン」

私はこれまでの弁護士人生で、おおよそ数十万件の悪質なコメントや投稿を読んできた。十五万件は優に超えているが、五十万件には及ばないといったところだろうか。私が寄稿したコラムの下に書き込まれるコメントを含め、今日頻繁に使われている誹謗中傷の表現はほぼすべて知っている。直接的な嫌がらせの表現を使って他人を攻撃する場合もあるが、近頃は間接的に罵る誹謗中傷や差別表現が多く見られる。ハングルの子音だけを使って書いたり、擬声語や擬態語で例えたり、写真や画像を巧妙に合成して使用することもある。このような誹謗中傷や差別表現は、その悪意を読み取った人の心に深い傷を負わせる一方で、意図に気付いていない人に対しては無知を装うことができるくらい曖昧模糊としたものだ。

最近、こんなことがあった。ある事件で、私は当方の証人に「覚えている侮辱表現をすべて教えてください」と言った。証人は、さまざまな表現をあげながら「シュッシュッポッポッ」という言葉を口にした。裁判長が「シュッシュッポッポッ」とはなんの意味かたずねた。証人は、自分は光《クァン》州《ジュ》の出身で、シュッシュッポッポッという言葉は汽車の汽笛の音を表す擬声語でもあるが、イルベ（日刊ベストストア）*という匿名掲示板サイトで光州民主化運動は暴動《ポットン》［韓国語で汽笛の音を表す「チッチッポッポッ」と暴動の発音をかけて「チッチッポットン」といわれる］だったと蔑む意味で使われているため、侮辱されたと感じたことをよく覚えていると言った。

数年前、別の事件の告訴代理を担当していた頃、捜査官から電話があった。彼は「ドスンドスン」という書き込みをなぜ告訴したのかと訊いた。私は「ドスンドスン」という言葉はとくに若い女性に対して「あの女は猪のように太っているからドスンドスン大きな足音を立てて歩く」という意味のヘイト表現として使われている流行語だと説明した。

この二つの異なる意味を持つ表現を、これを読んで初めて知った読者も多いと思う。一方で、日常的に読んだり聞いたりしたことがある人もいるかもしれない。なかには使ったことがある人もいるだろう。初めて見聞きする人にとっては「最近の若い人は変わった流行語を使うものだ」と聞き流してしまうくらい軽い言葉だ。しかし、意味を知っている人にとってこれらの表現は凶器となる。

＊ 日本の「5ちゃんねる」に例えられる韓国の匿名掲示板サイト。反社会的な傾向が強く、特定地域や女性を蔑視し、リベラル派の政治家を誹謗中傷したり揶揄するなど過激な書き込みが多く社会問題となっている。

このような誹謗中傷や差別表現には、いくつか共通点がある。一つ目に、陽気さを装う。二つ目に、弁解の余地を残す。三つ目に、悪意の連帯感を形成する。

まず、幼い頃に学ぶ擬声語や擬態語、童謡や絵本の持つ陽気さを借用している。ドスンドスンと歩いたり走ったりすることはごく日常的な行為で、否定的なニュアンスを含むことはほとんどない。このように蔑みの表現は、すでに普遍的に使われている慣れ親しんだ単語やイメージを隠れ蓑《みの》にして、そこに悪意を潜ませる。

この特徴は、二つ目の共通点である弁解の余地にも通じるものがある。軽い表現に重い悪意を込める人は、いざ問題になるとほぼ全員が「知らなかった」と言う。そのような意図はなかったと。汽車ごっこをしていただけ、ただの冗談のつもりだった、ハングルの子音を書いただけ、読み手が勝手に思い違いをしただけだと、とにかく、あれもこれも知らなかったのだと言い張る。無知は罪であるかもしれず、罪でないかもしれない。刑法では、犯罪の構成要件には故意が求められる。しかし、法的解釈とは別に、発話者が知らなかったからといって被害者の受けた傷が軽くなるわけではない。

三つ目に、誹謗中傷と差別の意味を込めた軽薄な流行語は、その意味を知っている人々のあいだに奇妙な連帯感を形成する。けらけら笑いながらほんの少し言葉を交わすだけでも「あんたもこの言葉知ってるんだね」「ほら、みんなだって使ってるじゃないか」という悪意の共同体が形成される。

この程度の言葉は許される、これくらいの言葉に込められた悪意はそこまで悪くも重くもないという錯覚が、この連帯感を伝ってどんどん広まっていく。

しかし、悪質な書き込みはただの一文字も軽くはない。悪意はいかなる場合も曖昧さで回避できない。被害者は読み違えない。それらの単語はすべて、小石ではなく岩なのだ。

ウンエンウン　チョキポキ

ネットの流行語に「ウンエンウン　チョキポキ（웅앵웅 초키포키）」という言葉がある。元々は、韓国映画の音声がクリアでなく台詞が聞き取りにくいことについて、誰かが「ウンエンウン……チョキポキと聞こえる」と言ったことがきっかけになったと記憶している。* 今は言葉をうやむやにしたり、わけのわからないことを言うといったニュアンスで使われている。

通常、言語の習慣というものは環境や状況によって作られるため、ネットの流行語を日常生活で使うことはそう多くない。ところが、この「ウンエンウン　チョキポキ」はいろんな場面で使い道がある。

韓国語にはさまざまな謝罪の表現がある。いちばんわかりやすいものを例に挙げよう。「ごめんなさい（미안합니다）」「申し訳ございません（죄송합니다）」「私が悪かったです（잘못했습니다）」。この三つを知らない韓国人はいないだろう。しかし、実際にはこの簡単な謝罪の言葉を素直に言える

人はなかなかいない。

　例を挙げてみよう。「あっ」「えっ？」「ああ……」「あら……」「おっと」などは謝罪ではない。「だからその……」「それはですね」や「そんなつもりは……」も謝罪ではない。文章として完結していないだけでなく、そもそも、ほぼ意味をなさない言葉だ。「気を悪くされたのなら」も当然謝罪ではない。「酔っぱらってしまって」「そこまで思い至らなかったので」も同じ。それは「私はこの歳になるまで自分の酒量もわからず、物事の分別がつかない人間です」という情報を与えているに過ぎない。「娘みたいだから」「家族のように思えて」「仲のいい先輩後輩だと思っていた」なども謝罪にはならない。他人との距離感をきちんとつかめていないことを自分で認めているに過ぎない。「やむを得ない事情があって」「あの頃はみんなそうだった」「よく覚えていない」も謝罪ではない。あらゆる角度から自分の無能さと無知さをさらけ出す表現でしかないのだ。

　こういった、自分では謝罪のつもりでも聞いている人は謝罪とは受け取れない、中途半端で長た

＊　二〇一六年、あるツイッターユーザーが映画でよく聞こえない台詞を「ウンエンウン　チョキポキ（웅앵웅 초키포키）」と表現したことが始まりだが、二〇一七年、ハリウッド俳優のトーマス・マクドネルが自身のツイッターアカウントにこの言葉をハングルで載せたことで一気に広まり、後には相手の言葉を揶揄する意味で使われるようになった。

らしい言葉の正体はなんだろうと考えていた矢先、「ウンエンウン　チョキポキ」という言葉が登場した。私はポンと膝を打った。そうだ！　「ウンエンウン　チョキポキ」だ！　あの人たちが言っているのは、謝罪ではなくて「ウンエンウン　チョキポキ」なのだ。

この流行語を知ってからは、私は先に述べたいろんな表現を「ウンエンウン　チョキポキ」に置き換えて読んでいるのだが、大体のことはそれで理解できる。「そこまで思い至らなかった私の行動によって物議を醸し、応援してくださった皆様を傷つけてしまったのなら、それは申し訳なく思います」という言葉を、「ウンエンウン、悪いね、チョキポキ」と言い換えれば実に簡単だ。そういうことなのだ。ウンエンウン……なにか悪いことをしたような気がするけど……ウンエンウン……という程度の。

ウンエンウンと言いながら「謝ったつもり」になっている人は少なくない。そればかりか、自分は謝ったのにどうして解決しないのか、謝ったのにどうして許してくれないのかと、ふて腐れる人もいる。いつまで謝れば気が済むのかと、逆ギレすることもある。

謝るべき人がきちんとした謝罪をしない限り、確執が解消しないのは当然のことだ。謝罪は終わりではなく始まりなのだから。行為の当事者が過ちを素直に認めることは、和解と解決、再発防止のための第一歩だ。謝罪を受けるべき人がきちんと謝罪を受けられず、その一歩すら踏み出すことができなければ、いくらその上にいろんな言葉とやり取りが積み重ねられても、溝が深まるばかりでなにも解決しない。

言葉がどんどん積み重なっていくと、人は疲れる。とくに自分が当事者でない場合、そんな言葉はすべて鬱陶しく耳障りに感じられるときもある。それは自然なことだ。なぜなら、その長々と連ねられた言葉の正体は、所詮「ウンエンウン　チョキポキ」なのだから。ウンエンウンを百回ほど聞いているとうんざりする。百回までいかずとも、これを読んでいるあなたもすでに、私が書いたウンエンウンに嫌気がさしてきただろう。これぞまさに、ウンエンウンの力である。現実が変わったわけでも、その件が解決したわけでもないのに、まるで多くのことが起こったかのような錯覚を引き起こすのだ。

しかし、その錯覚に騙されてはいけない。「ウンエンウン　チョキポキ」は謝罪ではない。そして和解と終結は、ウンエンウンではない、きちんとした謝罪があってはじめてスタートラインに立てるのだ。

悲劇を悲劇として受け入れる礼儀

悲劇は、すべての人にとって同じ重さだとは限らない。ある人にとっては胸が引き裂かれるようなつらく苦しい出来事も、ある人にとっては些細なニュースに過ぎないかもしれないし、ある人にとっては一生忘れられない傷になることも、ほかの人が見れば弱音を吐いているだけと思われるかもしれない。ある人にとっては昨日のことのように生々しく思い出される事故も、ある人にとってはもういいい加減にしてくれと言いたくなるような昔話かもしれない。世の中は所詮そういうものだと言う人たちもいる。だが、本当にそうだろうか？

私たちは最近、弱者のために長いあいだ献身してきたひとりの政治家を失った。政治的な立場や主張がどうであれ、彼がより良い社会を夢見て、生涯をかけて率先して努力してきたという事実に異議を唱える人は少ないだろう。多くの人々が、どんな形であれ彼に借りがあると思う。

皆が皆、負い目を感じたり罪悪感を持つ必要はないだろう。しかし、人の死の前では弔意を示し言葉を慎むくらいの礼儀は、人としてわきまえるべきではないだろうか。これは、故人に対する礼儀であると同時に共同体に対する礼儀でもある。生命を尊び死を悼むことは、文明人にとって無理な要求ではない。自分にとっては取るに足らないことでも、嘆き悲しんでいる人がいれば、その人の前では言葉を慎むくらいの気遣いはしなければならない。自分とは関係のない出来事にも自分のことのように喜び、悲しみ、寄り添える人たちは、世の中により大きく貢献している。それに便乗してきた自らの人生を顧みろとまでは言わないが、言いたいことがあっても、せめて一日くらいは耐えられないものだろうか。人の目も気にせずに言いたいことを開けっ広げに話すことは、堂々たる態度とも、断固たる態度とも言えない。さらに、政治家たる者、多くの人たちが哀悼の意を表しているなら、なぜ彼らが悲しんでいるのか考えてみるくらいの政治的感覚が必要ではないだろうか。

故魯会燦《ノフェチャン》議員*の訃報に接し、某政党のスポークスマンは「自殺は遺された家族と社会に対する罪」と書いた。彼は遺族ではない。彼に社会に対する罪を判断する資格はない。

誰かが亡くなったときに、百歩譲って故人の冥福を祈る素振りはおろか、「自殺は罪」などと公に

＊ 進歩系野党「正義党」の院内代表を務めた国会議員。インターネット世論操作疑惑で捜査対象となっていた進歩系与党「共に民主党」の元党員から政治資金を受け取った疑いがもたれ、二〇一八年七月投身自殺した。

書くような人間と同じ世界で暮らしているという現実が、私はとても我慢ならない。彼が代議制民主主義制度において、一定の代表性を持ちそれに相応する権限が与えられた国会議員であるという事実はさらに耐え難い。彼と同じように考えている人がこの世にはいるということは、もちろんわかっている。わかっているが、いや、わかっているからこそ、容認してはならない、人間としての最低ラインがあるのだ。ある非倫理的な発言、非道徳的な考えは、世に発せられた瞬間に私たちの属する共同体を後退させる。言いたいことをなんでも言える権威と、自分の言葉をメディアという拡声器を通じて増幅させられる権力を持つ者なら、なおさら気をつけるべきではないか。書いていいこと、言っていいことを区別しなければならない。人間なら人間らしく行動しなければならない。人間らしく行動しない人が百人いれば、「世の中なんてそんなものだ」と言うのではなく、百回だろうが何度だろうが驚き、それではいけないと諭さなければならない。

生涯を社会のために捧げ声をあげてきた尊い人を失った喪失感から立ち直るには、長い時間が必要だろう。しかし、その声が消え去るや否や罪が云々という人に対して、それはあるまじき発言だと咎めることはすぐにでもできる。それは政治以前に、明らかな倫理の問題だからだ。「世の中なんてそんなもの」ではない。喪失感に苛まれている他人に最低限の共感すらできない人たちほど、「皆そうだ」と嘘をつくのだ。

そういう人は間違っている。人々は大抵、他人の喪失感に心を痛め、早すぎる死を悼み、苦しみ、慰め合い、遺された自分の役割について考える。そうでなくとも、言っていいことと悪いことの区別くらいはつく。その最低限の区別すらできない人よりも、私たちはたくさん声をあげ、長生きしなければならない。進歩か保守かを問う前に、まずは人として最低限のラインを守らなければならない。

試されているのは私たち

済州島に入国したイエメン出身の難民申請者のうち三百三十九人に、法務部が人道的在留許可を出した。難民認定者はいなかった。

人道的在留とは、厳格には難民に該当しないが、本国へ戻れない事情がある人に与えられる補充的な在留資格のことだ。人道的在留というくらいなので、いかにも「人道的」に聞こえるかもしれないが、人道的在留はただの臨時在留資格で、難民認定とは程遠い。韓国の在留資格のうち「その他」にあたるG-1ビザで一年間の在留を許可するものだ。求職活動ができるとはいえ、一年後に韓国にいるかどうかもわからない人を採用する職場はないに等しいだろう。国内のどこにでも行けるが、交通費がなければ移動もできないのだから、実際にどれくらいの人がどれくらい移動できるかはわからない。生計支援もなければ家族と一緒に暮らすこともできない。

イエメンは、中東アラビア半島にある国だ。韓国のように南北に分断されていたが、ソ連崩壊後に統一された。イエメン内戦は二〇一四年頃から始まった。イエメンは二〇一一年、「アラブの春」で独裁体制の終焉を迎え民主化に成功した。しかし、不安定な情勢下でクーデターが勃発し、このクーデターに、隣接する強大国であるイランとサウジアラビアが介入したことで、イエメンは二国の代理戦争の戦場と化した。熱心に武器を売る国もあれば、軍を派遣する国もあった。アルカイダとイスラム国（ＩＳ）も流入した。

その間、イエメンでは一万人以上が死亡し、コレラの感染まで広がった。イエメンの人口は二千五百万人、韓国の半分程度だ。ＵＮＨＣＲ（国連難民高等弁務官事務所）の報告書によれば、内戦勃発以降、少なくとも人口の一割が故郷から脱出したという。大部分の人々が真っ先に向かうのは近隣国だ。ひとまず、ＵＮＨＣＲが設けた難民キャンプで過ごしたり、国境に面したオマーンやサウジアラビア、海峡を越えてソマリアやジブチに渡る。その後の脱出経路は、それぞれの運とブローカーの腕にかかっている。通常、難民申請者は、長く複雑なルートで移動する。どこへ行くかもわからないまま、言われるがままに仲介人に金を払い、とにかく危険な場所から離れることを第一に考える。目的地のある旅行ではなく、ひとまず命を守るための脱出だからだ。

数百人のイエメン人が済州島に入国した際、韓国では大きな反発があった。世界中に避難しているイエメン人口を考えれば数が多くないにもかかわらず、イエメン人の集団入国と難民申請をめぐり、激しい宗教的、政治的議論が巻き起こった。イスラム教への偏見も加わり、拒否感と恐怖心は高まるばかりだった。ついには、韓国人がイエメン人を暴行する事件にまで発展した。その結果、政府は臨時在留資格の付与しか認めなかったにもかかわらず、それすらも「いつでも撤回する可能性がある」と弁明するに至った。

でも、どうか冷静になって常識的に考えてみてほしい。他人に迷惑をかけることを人生の目標にしている人は極めて珍しい。ほとんどの人は、まずは自分がいかに平穏無事に暮らせるかを考える。危機的状況で国境を越え、脱出するほどの意思と実行力がある人なら、なおさらそうではないだろうか。韓国で犯罪を犯したり韓国の文化や風習を無視するだろうと、必要以上に恐れることはない。生きたいという一心でやってきた人たちなのだから、彼らがしっかりと韓国で暮らしていけるように支援したからといって大変なことにはならないだろう。

韓国の在留外国人は今や百八十万人に上る。イエメン人が加わったところで、パーセンテージは変わらない。たった数百人の外国人の行方や動きを不安に感じるほど、韓国は治安の悪い国だろうか。見知らぬ文化の流入にたやすく影響を受けるほど文化レベルが低い国だろうか。数百人も支援できないほど貧しい国だろうか。

世界中が平和で紛争などもなく、こうやって試されることすらなければそれに越したことはないかもしれない。でも、現実はそうではない。今回の事態は韓国が異邦人にどのように接するかを世界に示す、ひとつの経験になるだろう。試されているのは難民ではなく、私たちの力量と包容力なのだ。

終わりなき差別の前で

差別的な社会で暮らすのはつらいことだ。

私は、ナレッジワーカー（知識労働者）といわれる女性だ。職場でさまざまな人に出会う。業務の内容だけをみれば性別が重要である場面は多くない。しかし、韓国社会が性差別的であるために、つまり、性別による発言権の違いが大きく、性別によって期待される行動様式と発話習慣がまったく異なるために、主張と説得を主な業務とする自分の分野で「仕事が成り立つように」するには、性別を気にせざるを得ない。男性のほうがより多く発言し、人の話をより頻繁に遮り、人の話に耳を傾けないにもかかわらず、意思決定権者のうち男性の割合がより多いという差別的な傾向を現実として受け止め考慮する過程が、私の仕事には必然的に含まれるのだ。

そのたくさんの言葉のうち、発言権の確認に過ぎない発言はどれか、実際に意味のある発言はどれかを見極める。自分で発言者を選べる場合は、女性であるがゆえに発言の機会が与えられなかったり萎縮したりしている人はいないかをよく見て、発言の機会を配分する。自分に意思決定権のない事案でもこうなってほしいと思う結果があれば、自分の主張が意思決定権者を説得できるほど緻密で論理的かを確認すると同時に、「勝ち気な女」「融通の利かない女」「しっかり者の女」などの女性像のなかから自分のイメージを選ばなければならない。自分の主張が妥当で根拠さえしっかりしていれば、どんな態度で発言しようと意思決定権者を説得できるはず、という理想だけで仕事をしていては、なんの成果も得られない恐れがある。

私は既婚者である。いわゆる「正常家族」を良しとし、異性愛を大前提とするこの差別的な社会で、既婚者である私はあることについては心配しなくてもいい。急に具合が悪くなったときに看病してくれる保護者のこと。世帯単位で決められる経済、福祉政策で後回しになるかもしれないという不安など。成人男女二人からなる家族なので、見本となる選択肢に該当する例がない、という心配もない。単身世帯や「一般的」ではないという理由で適用対象から排除されるのではないかと不安にならなくてもいい。誰かに結婚しているかどうか訊かれれば、ただ既婚であることを告げて自分の正常性を確認するだけでいい。そんな質問を受けたとき、結婚していないと言えば性格に難があるとか能力がないとか思われはしないか、もっとプライベートなことにまで踏み込まれるのではないかと、気に病む必要もない。正常な家族像と、それに当てはまらない場合の差別が存在する以上、どうしても既婚者よりも非婚者のほうが結婚の有無について気にする傾向があり、自分を絶えず証明し続けなければならない状況に置かれる。

私は、自分が女性であるという理由で差別された場合、すぐにそれを認知する。その反面、非婚者は差別されてもそれに気付かないことがある。私は非障がい者だ。気付いていないだけで、自分自身が障がい者を差別したり、ほかの人が障がい者を差別する場面を見たことも多々あっただろう。差別的な現実を絶えず認識し、そのなかで身の処し方を考えなければならないのは、いつも弱者のほうだ。差別は常に、弱者に容赦なく降りかかる。私たちはその過酷さを、時に弱者として経験し、時にすぐ近くで見守っている。いくら立場を入れ替えて考えてみよう、連帯しようと呼びかけても、自分が実際に経験するのと、自分が「避けてきた状況」を見るのとはまったく別物であり、差別の度合いがひどいほどこの二つの隔たりは大きくなる。その隔たりがあるということも心苦しい。ただただ途方に暮れるばかりだ。差別的な世の中でさまざまな階層の社会的存在として生きていくこと、生きているということが、つらくて仕方ない。息が詰まる思いだ。

キオスクで買うハンバーガーの味

残業の日の行きつけだった事務所前のファストフード店に、キオスク端末〔タッチパネル型注文決済端末〕ができた。店の入り口に足を踏み入れた瞬間から、その威風堂々とした佇まいに圧倒される。私は「キオスク」を使い慣れている世代であるにもかかわらず、いつも食べているセットメニューを探し注文するまでにかなりの時間を要した。まず、大きな画面に映し出された文字と写真を、ひとつずつじっくりと読む。注文したいメニューを探し、指で押してみたり爪先で触れてみたりと、悪戦苦闘しながら操作する。やっと次の画面に進んだかと思えば、今度はサイドメニューとドリンクを選べという。注文は「以上」、領収証は「必要」を選択する。クレジットカードを表向きに入れたり裏向きに入れたりを繰り返す。そうしてやっと、注文番号と領収書を受け取ることができた。

おとなしく椅子に座って、指二本分の大きさほどの紙きれに書かれた番号と案内画面を何度も見比べながら、自分の順番が呼び出されるのを待つ。そろそろ首が痛くなってきた頃、やっとカウンターの奥から店員が現れてこう言う。「三百八十六番のお客さま、カウンターまでお越しください」。

数年前から、高速バスの有人切符売り場が一気に姿を消した。現金を持ち歩かなくても、スマートフォンのアプリケーションで手軽に乗車券を購入できるからだ。紙の乗車券がなくても、モバイル乗車券さえあればいいので前よりも便利になったのだという。現に私も、スマートフォンで高速バスの残席数を確認し予約しておいて、出発時間に合わせてバスターミナルに向かうことにしている。

しかし、この一連の過程には色々な手順が求められる。まず、スマートフォンが必須だ。無線インターネットや通信データネットワークにアクセスしなければならず、通信費用は自己負担。そのうえ、アプリをダウンロードする方法も知っておかなければならない。スマートフォンの小さな文字を難なく読めなければならないし、小さな画面の、さらに小さなキーボードを間違えないようにタッチし、出発地と目的地を選択したあと、小指の爪ほどの「検索」ボタンに触れなければならない。画面の「スクロール」はできて当然。クレジットカードも必要だ。スマートフォンでクレジットカード決済ができるように設定しておくことも必須。モバイル乗車券を画面に表示させるか、バスターミナルの無人券売機でクレジットカードを使って発券する方法を知っていなければならない。

このすべての関門を突破できなければ、バスターミナルまで足を運び、残席のある時間帯のバスの乗車券をその場で購入したあと、出発までしばらく待つことになる。目や手が不自由であっても状況は変わらないだろう。バスに乗ることは、こんなにも難しいのだ。

汽車も似たようなものだ。スマートフォンでKORAIL（韓国鉄道公社）のアプリやホームページから予約すれば待つ必要もなく、座席も自由に選ぶことができる。しかし、アプリのダウンロード、会員登録、本人認証、クレジットカード決済またはモバイル決済ができなければ、駅で長蛇の列に並ぶことになる。

並ぶだけならまだいい。問題は、スマートフォンやクレジットカードがない人やこのようなアプリを使いこなせない人は、たとえ駅で並んだとしてもそもそもサービスを利用しにくくなっているということだ。良い座席を選ぶことも、「オンラインクーポン」の割引を受けることも、スマートフォンを使いこなせることが大前提となっている。それができない人たちは、どこへ行っても列に並んだり、高い代金を支払ったり、ほかの人に助けを求めなければならない。私自身、駅でお年寄りが切符を購入するのを手伝ったことは一度や二度ではない。乗車券を一枚買うために、お年寄りが見ず知らずの若者に現金やクレジットカード、個人情報が詰まったスマートフォンを差し出し、助けを求めなければならないとはあんまりではないかと、そのたびに思う。それなのに、今や四千九百ウォンのハンバーガーセットまでこんなに苦労して買うことになるとは！

この世には、いくつになっても学ぶ努力が必要なこともたしかにある。しかし、ハンバーガーを買うことは、そのような学びの努力を傾けるべきものだろうか？　新年の日の出を見るためにバスで海まで遠出しようとこれほどまでに苦労することが、最先端や便利さといった言葉で一括りにしてしまえる問題なのだろうか。

ハンバーガーを買うのが難しければほかの飲食店へ行けばいいという問題ではない。ターミナルでひたすら待ち続ければいいという問題でもない。あるサービスを、利用することすらできない人が増える変化は、決して発展とは言えない。それは、効率と先端という仮面を被った弱者の排除に過ぎないのだ。

冷たいサンドイッチ

旧正月〔陰暦の一月一日〕の帰省ラッシュで多くの人が移動した。一年の始まりという大きな節目でもあるし、コロナの長期化によってさまざまな事情で集まらないわけにはいかない人たちもいる。結婚十二年目。我が家の旧正月の準備もスムーズとはいえなかった。うちの実家とは前々から行かないということで話がついていたが、問題は夫の実家のほうだった。もう半年も顔を合わせていないのだから旧正月くらいは一緒に食事をしようと言われると、なかなか断りにくいものだ。

親孝行や慣習をめぐる確執は、当為性や観念という言葉で簡単に解決できるものではない。誰がなにをどうしなければならないだとか、こうするな、ああするなと言うのは簡単だが、人と人の関係では「こうあるべき」という方程式はなかなか通用しない。おまけに、お互いに日頃から気にかけ、愛情とプレッシャーで縛られた身内という間柄ならなおさら難しい。

新年の挨拶や食事の場所をどうするかなど、しばらく話し合いが続いた。しかも、旧正月当日まで決まらなかった。義実家の両親は傷つき、私は不機嫌になり、夫は私の機嫌をうかがっているうちに連休が終わってしまいそうだった。結局、夫の提案で、週末の朝に義実家に行って新年の挨拶をし、ブランチにサンドイッチを買ってきて食べようということになった。

彼なりの解決策だったのだろうが、サンドイッチだなんてとんでもない！　私のなかの「K－儒教ガール」、つまり、儒教を重んじる韓国人女性の本能が即刻反応した。サンドイッチを食べるくらいならいっそのことなにも食べないか、コロナ禍でも充分な間隔を保って新年らしい食事ができそうな店を探すなりすればいいものを、旧正月の朝にサンドイッチとは何事か。その中途半端な妥協案はどこから出てきたのだろう。夫は自分がサンドイッチを買ってきたとドヤ顔で言った。不安だったが、私はわかったと答えた。正直、好きにすれば？という気分だった。

義実家に出発する直前、またもや予定が変更となった。サンドイッチはやはりまずいだろうという結論になったらしい。私はかえって安心した。年老いた義両親と四人で集まって正月にサンドイッチを食べるなど、儒教を重んじる硬派な私にとってはあるまじきことなのだ。

その日は韓服を着て、義実家に着くとマスクをしたまま新年の挨拶をした。お年玉をもらった。義母が、スマートフォンのメッセンジャーのアラームが鳴るたびに夜中に目が覚めると言うので、スマートフォンを預かってアラーム通知をオフにした。使わないホームショッピングのアプリを消し、

数百個の広告通知を削除した。ショートメッセージとメッセンジャーアプリをメイン画面に配置した。韓国の未来を憂う太極旗と星条旗*がついた各種アプリもひとつの画面にすっきりまとめた。太極旗のアプリを後ろに追いやり、その場所にポッドキャストのアプリをダウンロードし、最近私が出演しているEBS（教育放送）のポッドキャスト〈오래달리기（長距離走）〉の「購読」と「いいね」を押した。番組も進行役も素晴らしいというレビューを義母のIDで書こうとしたところ、義両親にそろそろ帰ったほうがいいと声をかけられた。私は義母と手をつないで歩いた。ずいぶん足もよくなった義母は、「ソヨン、あなたは気が進まないんでしょうけど、身に染みついたことだからいやでも上手くやれちゃうのよね。仕方ないわね」と言った。私はそれを勝手に褒め言葉と受け取りながらも、素直に「はい」とは言えずに「いやいやこなそうなんて思ってませんよ」とあえて伝えて、義母の手を強く握りしめた。コロナでさえなければ、義母を抱きしめてあげたかった。

夕方、例のサンドイッチを食べた。二枚重ねの薄っぺらい食パンを四等分にしたサラダサンドイッチだった。冬場に食べるには冷たすぎる。おまけに年寄りは食べるのも一苦労しそうな分厚いリン

＊　反共・親米主義を唱える保守派勢力「太極旗部隊」の象徴。かつての軍事政権を支持し、太極旗と星条旗を掲げて朴槿恵の弾劾時（二〇一七年三月）にも反対集会を続けるなど進歩派と激しく対立している。

ゴまで入っている。私は夫に軽く文句を言ってサンドイッチを頰張りながら、最終的には、複雑な愛情と有限の時間がもたらす漠然とした後悔について考えるのだった。

人質になった園児たち

韓国幼稚園総連合会（以下、韓幼総）が、国政監査で明らかになった政府支援金流用問題と、これに伴う関連法の改正議論に強く反発している。数日前、保守系の最大野党である自由韓国党の洪《ホン》文鐘《ムンジョン》議員室と韓幼総が共同で開催した討論会では「私有財産権の侵害」「（幼稚園の不祥事問題を提起する保護者は）偽の母親」「政府の支援金を使ったからと弾圧するのは問題」などといった発言が飛び交ったという。来年から子どもを通わせる幼稚園を探している知人は幼稚園の説明会に行ったところ、「私立幼稚園が不祥事集団扱いされるのは納得できない」という話ばかり三十分以上も聞かされたと、ため息をついていた。

教育の公共性を強化しようという国の試みが、既存の秩序と衝突することはあり得るだろう。性急すぎる立法化や独断的な政策が施行されないようにけん制することもまた、利益集団の正当な役割だ。

しかし韓幼総は、この役割をまったく果たせていない。

私立幼稚園は私有財産なのだから規制を受けるべきではないという主張は、より大きな話で問題の本質をぼかそうとする典型的な手法だ。そもそも、現代社会において規制をまったく受けない私有財産など存在しない。さらに今回の私立幼稚園騒動は、政府の支援金流用が発端となっている。国が韓幼総の「サイフ」を取り上げようとして起こったのではなく、韓幼総が政府から与えられた「サイフ」に入っていた子どもたちの学費や教師の待遇改善費、学級運営費などを目的外に使用したことによって起こった事態なのだ。いかなる改革が行われたとしても、幼稚園の敷地や施設が私有財産であるという事実に変わりはない。それればかりか韓幼総は、私有財産権の侵害を訴える一方で、私立幼稚園は公立幼稚園に比べて支援が手薄い――事実ではない――と抗議集会まで開いたが、これでは主張がちぐはぐだ。まさか、国民の血税である支援金をもらうだけもらっておいて金の使い道については明かせない、という非常識な主張ではあるまいが、話を聞けば聞くほどそうとしか解釈できないので困ったものだ。

韓国で幼稚園に通っている満三歳から五歳の子どもは約七十万人。在職中の幼稚園の教員数は五万人を超える。子どもたちの保護者と元・現職の教員を合わせれば、日頃から幼稚園教育に直接かかわっている人だけでも軽く数百万人にのぼる。

この大勢の人々は、決して無知ゆえに改革派の政治的な意図に翻弄されたり、私有財産制度という根本的な概念に反対して幼稚園改革を支持しているわけではない。これまでは、あれこれ理由をつけて少額ずつ徴収される追加の学習費、粗末な給食や教具、頻繁な教員の離職などの問題を感じていても、半ば教育者がまさかそんなことを、という気持ちで、半ば我が子が人質にとられているような気持ちで目をつぶってきた。ところが、いざ蓋を開けてみると事態は相当深刻だったため、これほどまでに世間の怒りを買っているのだ。

さまざまな人が問題意識を共有し社会的な改善を求めることは、政治の議題化であって政治的弾圧ではない。国会の一室で、私有財産を侵害する国は盗っ人同然だ、結局は私有財産を認める自由市場経済の原則が左派［当時の与党「共に民主党」のこと］に打ち勝つだろうと内輪で盛り上がり、幼稚園を廃園して子どもたちの受け皿をなくしてやるなどと卑怯な脅しをかけ、幼稚園の説明会に来た保護者の前で泣き言をいったところで、そもそも弾圧ではないことが弾圧になるわけがない。これほどまでに、説得力も問題意識も倫理も品格もない人たちに、未来を担う子どもたちを預けている現実が無念でならない。

利益集団であるからには、利益を正しく主張しなければならない。世論が突き動かす改革には、当事者集団が自ら明らかにしなければ見えにくい穴というものがある。一度改正されると覆すことが困難な立法は、とくに慎重なアプローチが求められる。幼稚園教育において、公共性強化という改革を求める声があがるということは、これまで政府が幼稚園教育の公共性確保に失敗した側面があるという意味でもある。そこには、必ずしも私立幼稚園だけに非があるとは言い切れない失策もあったはずだ。

韓幼総は、利益集団として、そして彼らが散々高らかに謳ってきた幼稚園という私有財産の所有者として、また、とにもかくにも社会の中核をなす教育サービスの提供者として、せめて常識的な、市民がともに議論する価値のある主張をもって公論の場に参加するべきだろう。

ゆりかごから墓場まで

ここ数日、幼稚園児のいる家庭は大混乱に陥った。韓幼総が連休直前に幼稚園集団休園*を宣言したからである。政府の迅速な対応と、保護者の弱みにつけこむのかという世論の強い非難によって休園宣言は一日で撤回されたが、多くの家庭が気の休まらない連休を過ごした。今回の集団休園騒動はわりとスムーズに収束したが、このような事態がいつまた起こるかわからないという不安は依然解消されていない。

韓幼総を、国の補助金を着服し保育費を横領する悪魔の集団だと槍玉に上げるのはたやすいこと

＊ 二〇一八年に行われた国政監査で私立幼稚園の会計不正事件が摘発されたことを受け、翌年、韓国教育部は不正防止対策として私立幼稚園における会計の透明性と信頼性の確保を目的とする「幼稚園三法」の改正案と国家管理会計システム（Edufine）の導入を打ち出した。韓幼総はこれを過度な規制であると反発し、韓幼総所属の全国千五百か所以上の幼稚園が、新学期が始まる三月を前に無期限の始業延期を宣言した。

だ。しかし、今回の事態の根本的な原因は福祉サービスの民間委託にある。保育という極めて重要な公共サービスを民間の企業・団体が担っており、その結果、五十万人に及ぶ子どもたちが国公立ではなく私立の幼稚園に通っている状況そのものが問題なのだ。

韓国はこれまで、福祉サービスの相当部分を民間に依存してきた。韓国の福祉支出はOECD加盟国三十五か国のうち三十四位と、ほぼ最下位である［※二〇一九年三月時点］。保育分野だけではない。老齢人口の増加に伴い急増している療養病院をはじめ、高齢者ケアも事情は変わらない。韓国は高齢者貧困率もOECD加盟国でもっとも高く、高齢者福祉も民間に絶対的に依存している。子が親を養うには莫大な人的、物的資源が必要となる。家でつききりで高齢者を介護するのが困難な現状を踏まえると、多くの家庭が療養保護士［日本の介護福祉士にあたる］の助けを借りるか、療養病院への入院を考えるようになる。そしてこれらのサービスはたいてい民間が運営している。療養病院や老人保護センター［高齢者などの療養者を一時的に預かり必要なケアを行う通所介護施設］は増えているが、サービスの質は不安定だ。補助金を横領したり認知症や障害によって意思表現ができない入所者の人権を侵害したり、ひいては顧客名簿を不正に売買する事件もたびたび起きている。

ほかにも、毎年議論の的になる地下鉄の敬老優待［韓国の首都圏では満六十五歳以上は無料で地下鉄に乗車できる］も、根底にある問題は同じだ。高齢者福祉は国が担い保障すべきものであるにもかかわらず、これを地下鉄公社という準民間企業に押し付けているのだ。地下鉄公社は高齢者の無料乗車による赤字と損失を訴えている。そのたびに、対象年齢を引き上げるべきだ、ラッシュ時の無料乗車を制限すべきだ、などの意見が上がり、結局は経済活動を行う若者と時間を持て余している高齢者の世代間対立へと問題の本質がすり替えられてしまう。

そもそも、地下鉄の無料乗車は対象年齢や時間帯の問題ではない。交通を利用する権利は、国が平等かつ均一に提供し公共機関が担うべき福祉サービスなのだ。全体の高齢者人口のうち地下鉄が敷かれた地域に暮らす一部の高齢者にだけ、地下鉄公社という企業を介して交通福祉を提供するというシステム自体が間違っていると思う。民間が担えるキャパシティをとうに超えた状態で福祉サービスを提供してきた結果がこれなのだ。

公共サービス、とりわけ保育や療養のように弱者を対象とし、大多数の国民の生活にかかわる福祉サービスを民間に委ねる以上、弱者である保護対象者の生命と安全を担保にとられる今回のような事件はいつでも起こり得る。

韓国の福祉が民間に依存するようになったのは、社会福祉への支出よりも経済発展が優先されてきた韓国近現代史の背景によるところもあるが、いったん民間が福祉サービスを担当するようになると、これをふたたび国に戻すのは容易ではないという理由もあるだろう。もちろん、これまで民間の主体がさまざまな福祉サービスを提供するなかで培った経験と専門性も無視できない。

しかし、民間の善意ではなく、公的なシステムによって提供されるのが本来の福祉のあり方だ。韓国の合計特殊出生率は一にも満たない世界最低レベルであり、総人口に占める高齢者人口も毎年一パーセント以上増加している。このように、総人口に対し福祉サービスを必要とする人口の割合が高い社会における福祉を、いつまでも民間に委ねていてはならない。ゆりかごから墓場まで、福祉サービスをめぐる対立は、結局のところ民間頼みの歪《いびつ》な構造から生まれる。民間に対する監視費用を増やすのではなく、公共機関が福祉サービスを担うべき時代になったのだ。これからは国の出番だ。

見えない子どもたち

赤ん坊が泣いている。乗ったときから予想していたことだ。不快だ。保護者に抱きついて泣き喚く赤ん坊の泣き声が不快なのではない。赤ん坊が乗ってきた瞬間から、横目でちらちらと見ている人たちが不快なのだ。赤ん坊が大きな声をあげた途端、それ見たことかと言わんばかりに、聞こえよがしに咳払いする人たちが不快だ。周囲の視線を気にしながら必死で赤ん坊をなだめる保護者と、この非情さが許される世の中が不快だ。

韓国は、とにかく子どもに冷たい。やれ出生率が低下しただの、人口が減っただの大騒ぎだ。学校の密集地域や大規模なマンション団地でなければ、子どもたちを見かけることも少ない。子どもの数が減っているかららしい。

しかし、それは本当に、ただ子どもの数が減っているからだろうか。韓国の十四歳未満の人口は六百七十万人、六十五歳以上の人口は七百万人だ〔二〇一九年時点〕。どちらも活動力にある程度制限がある年齢であることを踏まえれば、少なくとも、高齢者を見かけるのと同じくらい子どもの姿も目にするのが自然だろう。

ところが、韓国の公共の場では、不思議なくらい相対的に子どもが少ない。これは、社会が子どもに冷たいことと決して無関係ではない。子どもは本来うるさいものだ。必要なことを言葉で表現する方法や声量を調整する方法などは、はじめからできるのではなく、学んでいくものだ。誰にでも「初めて」があるわけで、さらにそのすべてのステップは一度にクリアできるものではない。ある人は一生かかっても習得できない、難しい課題でもある。いわゆる「ギャン泣き」などを含む子どもたちのうるささは、成長中の生命がもつ属性であって、彼らが引き起こす被害ではない。

子どもは大人よりも小さく、そして弱い。韓国には、ユニバーサルデザイン施設あるいはバリアフリー施設が多くない。標準の身長と身体を持つ成人なら問題なく使えるが、その基準から少しではずれると、利用が不便になる施設が非常に多い。高すぎたり、大きすぎたり、広すぎる。階段の段差は高すぎるし、ボタンも遠すぎる。手すりに手が届かない。施設内での移動距離も長すぎて、子どもの体力に配慮していない。青信号の時間が短すぎる。バスや汽車のなかのわずかな階段ですら、ひとりで乗り降りできないくらいの高さだ。

このように、あらゆる施設が身体に不自由のない成人に合わせて設計されている世の中で、子どもたちがもたついたり、道をふさいだり、疲れてしまったり、迷うのは至極当然のことだ。そうならないように公共施設をつくることは、なにも大そうな計らいではなく、国と社会の役割だ。施設が整備されるに越したことはないが、ハードウェアを今すぐに整えられないなら、ソフトウェアである人々が、とくに大人が、まずはもっと気を配るべきだろう。自分よりも弱く、小さく、思うように動けない、傷つきやすい人たちと一緒に暮らしているということを念頭に置くべきだ。

以前、地下鉄九号線の「高速バスターミナル駅」で、ひとりで地下鉄に乗っていた小学生を見かけた。子どもは大人たちのあいだに完全に埋もれてしまい、頭もまともに見えなかった。道を開けてやろうとする大人も、席を譲ってあげようとする人もいない。恐ろしい光景だった。それがどんなに恐ろしいことか、自覚できる社会にならなければならない。

一度外出するたびに、数多くの冷たい視線にさらされながら居心地の悪い思いをしなければならないのだから、当然外出を控えるようになる。今、子どもたちの姿をあまり見かけないのは、身体障がい者を道で見かけないことと相通じるものがあると思う。

最後に、子どもを可愛がることと子どもを尊重することは違う。子どもは人だ。子どもは小さく、まだ成長途中で、保健、衛生、健康のあらゆる面で保護されるべき弱い「人」なのだ。ほかの「人」に、むやみに触れるべきではない。子どもや子どもの保護者が、見ず知らずの大人の一方的な好意や接近を拒んだからといって、不快に思ってもいけない。子どもや保護者には大人の接近や好意に応える義務はないのだから。可愛がるよりも尊重しよう。親切になろう。人が人に接するように、充分配慮しなければならない。

ハロー、マイ・ディア・スカラー

水曜日の夜。フェイスブックのメッセンジャーが点滅した。月曜日から三日間行われたベトナムの大学入試が終わったのだ。元々いた子どもたちに加えて、これまで受験勉強に追われていた奨学生が戻ってきた。

私は、韓国、ベトナム、カンボジアでささやかな奨学事業を手がけている。自分で稼いだお金でやりくりするといったワンオペ体制だ。奨学財団というほどの規模ではないが、秘書が年間予算書や事業計画をまとめてくれるおかげで、それなりに成り立っている。いちばん大きなプロジェクトは、女子学生向けの高等教育支援事業だ。

ベトナムには六人の奨学生がいる。地方の高校に通う成績優秀な女子学生を選抜し、小遣いから大学の授業料に至るまでを支援する。そのうち二人が今年初めて大学入試を受けた。一人は英語が大の得意で、三匹の猫と暮らしている。もう一人は文学少女だ。文章を書くのがうまいことで学校でも有名らしい。ところが、文学少女は英語が苦手な一方で、小説家である韓国人の私はベトナム語ができない。文学少女と小説家が出会ったのに、はじめの数回は、誰が生きていて誰が死んだのかといった会話も通じなかったため、それからはグーグル翻訳が混乱しないよう短文のみでやりとりしている。

猫を飼っているほうの学生の母親は障がい者だ。生活費を稼ぐために近くの農場で草刈りの仕事をしている。文学少女の母親は枯葉剤の二世被害者で体が不自由なため、家で犬と猫、鶏を飼育し売っている。二人とも、母親の恩に報いたい一心で勉強に励んでいるという。私は二人を、ぜひともハノイなどの大都市の大学に進学させたいと思っている。母親への恩返しとは少し違った理由で。

カンボジアには大学生の奨学生が四人いる。カンボジアでは知識人が虐殺された過去の経験から、地方に行くほど教育に対する漠然とした恐怖が根強く残っている。私はあえて地方大学の学生を支援している。家事を手助けし親の世話をしながら学校にも通えることから、女子学生の割合が高いためだ。大学を卒業すれば比較的初任給の高い職業につける可能性が高いが、学費をかけてまで娘を大学に行かせるほどではないという家もある。私が支援しているのはそんな学生たちだ。

システムが不完全な国では延々とお金がかかる。ＧＤＰが低い国であっても、大学の学費は安くないし、不動産は桁をひとつ数え間違えたかと思うくらい高い。先日、カンボジアの奨学生のための寮を借りたのだが、寮として使う建物を買うにはソウルでオフィステル*を一戸買えるだけのお金が必要だった。さすがにそれだけの資金はなく、家を一軒借りて寮として使うことにした。それでもかなり無理をした。でも、そうまでして寮を用意したのは、奨学生の習熟度が低かったからだ。学校で授業を受けたあと、炎天下を二十キロも歩いて帰宅するや家事をこなし、高齢だったり障がいのある親、六人の兄弟姉妹、甥や姪の面倒をみていては勉強する暇もない。ほかの学生たちがグループ学習をしている時間に、私が支援する奨学生たちは家に帰らなければならないのだ。

それでも奨学生たちは、親孝行も恩返しもしたいという。私はその心意気に胸を打たれ、すぐさまカンボジア人の活動家に頼んだ。「寮として使える建物を探してほしい。できるだけ大学の近くに。親を説得するのはあとにしよう」。私たちは家を見つけ、七月に寮を開くことになった。

私には奨学生の未来がおおよそ想像できる。心優しい娘たちのことだ。おそらく私が送った生活支援金も封筒ごと家に持ち帰ったのだろう。私は学業が中断されることのないよう、学費を学校に直接納めている。彼女たちはきっと、就職したらすぐに親に仕送りをはじめるだろう。そして結婚して子どもを産み、退職するか家事と両立できる仕事を探すはずだ。この輝かしい女子学生たちは

＊オフィスとホテルを合わせた造語。法的には業務施設に分類されるが、居住用としても利用される。

そうやって社会での存在感を失っていくのだろう。でも、それでもこの子たちは、一家で唯一の大卒者になるのだ。生涯を家で犬を売ったりヤシの葉を編んだりしながら過ごすことはないはずだ。私はそのすべての過程を、まるで今起きている出来事のように目の前にありありと描くことができたが、点滅するメッセンジャーのウィンドウを一つずつ開き、彼女たちの人生の外側から声をかける。

ハロー、マイ・ディア・スカラー。

画面の向こうは男の世界

なにか面白い動画はないだろうかと、動画配信サービスのリストにざっと目を通す。画面を更新するたびに「夏もヒンヤリ恐怖特集」「ひとり飯のおともに」といったジャンル名がついたサムネイルが表示される。ここも男、あそこも男、どこもかしこも男だらけ。男五人に女が一人……。何度かスクロールを繰り返し画面をリロードした末に、サムネイルに男しかいなくてもジャンル的には納得できる仙俠物〔ファンタジー色が濃く、道教の思想・世界観を背景にした物語〕を選んだ。隠居しながら音楽で心を通わせるという四人の老人が登場する。男が三人に女が一人。しかも、男①は弦楽器を弾き、男②は武術の達人で、男③は官僚出身という設定で、女①は男①の妻らしい。この四人の助演は二話で敵の襲撃に遭って姿を消すのだが、どうもすっきりしない。

ジェンダーバランスが取れていないコンテンツは、見ていても楽しくないと思うようになった。意識してそうなったわけではない。消費者運動による影響などでもない。面白いものは見る、面白くないものは見ない、ということを繰り返しているうちに、ふと気付いたのだ。登場人物全体の生物学的性比に偏りがある映画やドラマ、男だけで進行するバラエティ番組は楽しくない。時事や教養番組も司会者の性役割《ジェンダーロール》が前時代的すぎると思ったら——男が説明し女は相槌を打つだけなど——どんなにコンテンツがよくてもその伝達者の性の偏りに拒否感を覚え、見るのをやめてしまう。消費者運動ではないからか、男が多くてもそれなりに納得のいく設定ならそのまま見続けることはある。だから、最近は仙侠物や歴史物ばかり見ているのだが、コンテンツがつくられるスピードよりもそれを消費するスピードのほうが速い以上、すぐに底がつきてしまう。もしくは、私が武術の達人の男たちしか見られないことに飽きてしまうのが先か。

女性が多くなるように性比を逆転させろということではない。社会的なジェンダーロールに対する大きな挑戦を望んでいるわけでもない。ただ、コンテンツの世界で常に男性のほうが多いという現実にうんざりしてしまっただけだ。コンテンツで表現される性比は実際の社会人口の構成比ではなく、この社会で与えられた性別ごとの「発言権」の割合なのではないかと思うたびに不愉快になる。

数少ない女性のキャラクターにいろんな特徴を盛り込もうとするあまり、女性キャラの完成度や一貫性は男性キャラに比べて劣るといった傾向も見られるが、これも面白さを大きく損なう要素となっている。一本のドラマに三人の男性が出てくる場合、それぞれ仕事ができる人物、料理にケチばかりつける人物、家庭を顧みない人物というように多彩なキャラ設定ができるのに対し、一人しかいない女性は、仕事ではミスばかりで、食べることが大好きな、家族愛の強い人物として描かれる、といった具合に。しっかりと設計された男性キャラと、無理のある設定を背負いながら自分と「性別の割り当て」は同じである女性キャラを比べていまいち物語に入り込めず、なんとなく見るのをやめてしまう。どうしてこんなに男が多いのだろう。五人いれば男が三人、女が二人。十人いれば、実際にはいわゆる女性が多い職種が背景の作品であっても、半分以上が男だ。

動画コンテンツを観るたびに「この画面の向こうは男の世界」という、実に非現実的な設定を受け入れなければならない。なにも女性が皆殺しにされたり性別による就職制限があるといった仮定や説明がなくても、なんの気なしに見ていても、あからさまに、しつこいくらいに、どの場面を切り取っても男のほうが多い。

いや、もしやこれはただの設定ミスではないだろうか。考えてみると、こんなに大きなミスを視聴者が補正して観なければならないコンテンツなんて、面白くなくて当然だ。そうか、そうなのか。出来損ないの作品、そういうことなのだろう。

フェミニスト お断り

あるコンビニが「フェミニストではない方」という条件の求人広告を掲載した。広告は削除されたが、このような差別は後を絶たない。たくさんの人がそのことに憤り、過ちを指摘し、クレームを入れ、挙句には「物議を醸して申し訳ない」というなんとも後味の悪い結果を目の当たりにする。差別は過ちとして受け止められることはなく「論争」の対象になるのみで、ほとぼりが冷めやらないうちにまた新たな差別が起こる。そして、ふたたび憤り、過ちを指摘し、中途半端な結果に至るのだ。

差別禁止法が必要な所以である。

寒空の下、国会の前で差別禁止法の制定を求めるプラカードを手にデモを行い、追い散らされたのは二〇一七年のことだっただろうか。いや、二〇一六年? 二〇〇七年だったかもしれない。人権条例の性的マイノリティの保護という文言を守るためにゴザを敷き、長期戦に備えてコンセントがある柱に身を寄せ合って座り込みをしたのは二〇一八年だっただろうか、それとも二〇一九年だっただろうか。いわゆる保守系プロテスタントのメディアのカメラの前で、差別禁止法の制定は国連の勧告事項だと訴える討論会を開いたのは？「差別禁止法反対勢力」に阻止され建物から出られなくなったのは、五年前？いや、十年前？何度も立ち向かっては何度も追い散らされた、あの場所。私がいてあなたがいた、あの日々。

この過程が繰り返されるあいだ、韓国社会は差別禁止法の不在により、なにもしなかったわけではない。差別を禁止しないという結果を人々が学習したのだ。この「学び」は社会の隅々に根付いており、採用広告から個人間の恋愛に至るまで、ありとあらゆる場所に嫌悪と差別の枝を伸ばしている。人を差別しても処罰されない。「差別は議論の余地がある言葉だ」「フェミニズムも議論の余地がある思想だ」「人権という概念が濫用されている」「フェミニズムは採用する側の自由を剝奪する」「人権に過敏になり過ぎるとなにもできなくなる」「平等は不公平だ」。採用広告で、面接で、メディアの報道で、市民のインタビューで、オンライン上の数多くの書き込みで、行き交う人々の会話で、このような言葉が繰り返されている。目に、耳に入ってくる。

差別禁止法の不在は、少数者の人権からただ漠然と目を背けている状態を言うのではない。差別的な言葉、決定、行動がすべて「やっても許されること」の範疇にあり、その結果、具体的な差別が日常的に横行する状態を意味する。制度さえあれば難なく阻止できる差別に、個人が抗わなければならない。化粧くらいしたら?と言われた人は、「仕事とは関係のないことなのでしません」と声をあげて闘うか、安い化粧品を探すか、黙ってほかの職を探すかという選択肢のあいだで彷徨っている。差別発言を聞くたびに、指摘すべきか我慢すべきか、毎回頭を悩ませるのだ。

人間は誰しも尊厳を持つ存在であり差別されてはならない。これは一個人が一生を通して、日常のなかで闘いながら貫き通せる信念ではない。断じて、社会が築き、守らなければならない基準である。「議論」と堂々巡りに終止符を打ち、差別禁止法を制定すべきだ。

MeTooの加害者にならないために

「#MeToo」という言葉がある。もともと#MeTooとは、ハリウッド映画界の元大物プロデューサー、ハーヴェイ・ワインスタインによる性的暴行、とくにセクハラ問題を顕在化させる運動によって広まった用語だ。

しかしいつしか#MeTooという表現は、もはや運動としての意味で使われるのではなく、生活全般に浸透しているように思える。「性的暴行の加害指目人《しもく》*」ではなく「#MeToo加害者」という言葉のほうが穏健に聞こえるからではないだろうか。外国語だから攻撃的なニュアンスが弱まるような気もするし、新造語ならではの柔軟性があるため、正確にどんな問題を、どれくらいの強さで提起

＊ 加害者と目されている人の意。加害者と被害者という二分法的な構図を避けるために「被害呼訴人（被害を訴えている人の意）」という言葉に対して韓国で使われるようになった造語。

しているかが曖昧になるという面もある。「今のその発言はセクハラです」という言葉からは、正面切って問題を提起する真剣さが感じられるが、「ちょっと、そんなこと言ってると#MeTooされますよ」と言えば、少しあやふやになる。もちろん、そんなことを言われた経験があるなら、それは「あなたは今セクハラ発言をしたのでこれから言動に気をつけなさい」ということであって、決して好ましい意味ではない。

さらに、「このままじゃ#MeTooされるんじゃないか」といったことを冗談交じりに口にする人もいると聞く。一般的な常識人なら「今私が言ったことはセクハラです」とは言わないだろう。「#MeTooされるんじゃないか」という言葉はおそらく、「なにかしらの問題発言をしたような気はするけど、なにが悪いのかははっきりとわからないし、一応自分も問題があることは自覚しているからこれくらいで勘弁してくれ」といった程度の意味ではないだろうか。

そもそも、問題になるようなことはしないのが得策だ。しかし、なにに気をつければいいのかわからない人もいる。最近はなにかにつけてうるさいから迂闊なことは言えないな、と心配する人もいる。そこで注意事項をまとめてみた。もし、あなたが年長者であり、食事に行ったときメニューの決定権を持つくらいの立場にあるなら、あるいは、性別に限った話ではないが、異性と接するときは特に次の三つを念頭に置くといいだろう。

第一に、あなたの冗談は面白くない。ほかの人を楽しませるというのは、かなり高度な技術を要する。娯楽や芸能も昔から専門家の領域だったではないか。そもそも世代も性別も違う人たちとは、面白いという感情を共有できる共通項自体が少ない。あなたの話を聞いて笑ってくれた人がいたなら、それはあなたの話が面白いというより、相手が礼儀正しい人である可能性がはるかに高い。もしくは、あなたのことがとても好きだったり（つまり、家族くらいしかいないという意味だ）。まずはこの現実を受け入れて、冗談を控えたほうが安全だろう。冗談のひとつも言えないのかと思うだろうか？　はっきり言って、面白くない冗談を言う人よりも冗談を言わない人のほうがましだ。自分だけが面白いと思っている冗談は冗談とは言えないし、たいていの場合、冗談は性差別的な内容を含んでいる。

第二に、タメ口＝親近感の表れではない。つい先日も江南《カンナム》のある高級ホテルのラウンジで、スタッフにタメ口でちょっかいをかけている年配の客を見かけた。サービス業の従事者はあなたと親しいわけではない。道で会った若者、地下鉄で隣に座った学生はあなたの友だちではない。タクシー運転手から見た乗客もあなたと親しいわけではない。その人たちは皆、あなたと対等な他人なのだ。あなたにタメ口で話せない人、初めて会う人、あなたになにかしらの了承を得なければならない人と接する際、あなたが先に馴れ馴れしい口の利き方をしないだけでも関係は改善するだろうし、タメ口で話す時よりもずっと円満な関係を築けるだろう。

第三に、韓国独特の呼び方だが、「姉《ア》ちゃ《ガ》ん《シ》」は正確な呼称ではない。この表現はほとんどの場合、もっと明瞭な表現に置き換えられる。例えば、店員なら店員と呼べばいい。どうして若い女性に向かって「姉《ア》ちゃ《ガ》ん《シ》」や、若者に向かって「おい、学生《ハクセン》」などと呼ぶのだろう。お客さんならお客さんと呼べばいい。自分になにかを教えてくれる人は先生と呼べばいい。どれも呼び慣れないなら、いっそのこと「あの」と声をかけるほうがまだましだろう。よく知らない間柄なら、相手の年齢や性別から推し量った勝手な呼称は使わないほうがいい。

私たちはもう「#MeToo」以前には戻れない。そして、一方が無理に笑わなくてもいい健康な関係は、経験してみればきっとその素晴らしさを実感できるはずだ。

ふと込み上げる

猫が夜の寝床を変えた。少し前まで毛布をかけた小さな椅子で寝ていた上の子は、エアコンの風がよく当たるキャットタワーのてっぺんに寝転んでいる。先月まではふかふかのハンモックでくるまって寝ていた下の子は、今はベランダのタイルの上にごろりと横たわり、頭だけ家のなかに出している。絨毯よりタイルのほうが涼しいのだろう。

二匹の猫と一緒に暮らしてもう何年も経つ。二〇一三年、加里峰洞《カリボンドン》で生まれた上の子「カーク」は、もう八歳になった。人間の年齢では五十を過ぎている。もともと賢い子で、最近はすっかり落ち着きのある顔になってきた。二〇一七年に延南洞《ヨンナムドン》で生まれた下の子「スパック」も、もう四歳だ。猫で四歳といえばもう立派な大人なので体も大きいのだが、行動はまだ子猫のようだ。毎朝夫の腹の上で一生懸命ふみふみをし、餌箱を開ける音を聞くとすっ飛んでくる。

カークを初めてうちに迎えたとき、私と夫はこの雌猫のお姉さん、お兄さんになることにした。人間を動物のお母さん、お父さんと呼ぶのはなんとなくおかしいと思ったからだ。でも、雄猫のスパックを連れてきてからは、うちの「戸籍」がこじれてしまった。私たちはスパックにとっても、お姉さんでありお兄さんでありたかった。カークはスパックの姉猫、私は人間の姉、夫は人間の兄である。人間に猫の子どもがいることがおかしいなら、猫のきょうだいがいるのもおかしいのだが、そこまでは考えが至らなかった。

猫には習慣がある。カークは日が暮れると寝床を三度移す。夕方はソファの上にいるが、夜にはベッドに上がってくる。必ず私の右側に寝転ぶ。夜中はこっそりキャットタワーに上り、夫が朝ご飯の準備を始めると、またベッドの上にぴょんと飛び乗って隣に横たわる。スパックは二重窓の隙間に座るのがお気に入りだ。キッチンや書斎の窓枠に座り、日向ぼっこをしながらうとうとしたり、窓と窓のあいだのレールの上を飛び跳ねたりする。スパックは足が白いタキシード猫なのだが、埃のついた網戸に体をくっつけて座るので足がすぐに黒くなる。カークはキッチンの隅にある食器棚を隠れ家にしていて、そのなかにある皿の箱を何年間もかじり続け、すっかりぼろぼろにしてしまった。食器棚を開けると紙屑と毛玉が飛び散る。季節によってお気に入りの場所も変われば、起きる時間も変わる。

猫の習慣に合わせて人間の暮らしにも習慣ができた。ベッドが揺れる感覚に目を覚ます。毛だらけの布団をめくって起きるや否や、猫の目を覗き込んで目ヤニを取ってやる。昼間は息をとめて猫砂の掃除をする。帰宅して真っ先に猫のフードボウルを確認し、わざと音を立ててキャットフードを注ぐ。週末は爪切りを持って猫の機嫌をうかがう。眠った猫の体の下に手を滑り込ませて、ぬくもりを感じる。

猫と目が合うと、私は決まって指を差し出す。指を見て猫が手を舐めてきたりおでこをくっつけてきたら、私は顔を近づけて「愛してるよ。一緒に暮らしてくれてありがとう」と言う。ずいぶん長いあいだこうやって四人で暮らしてきたように思えるときも、いつか思い出と習慣だけが残る日がやってくることが怖くなるときも。いつも、ただ、ふとありがたく、愛しい気持ちが込み上げてくる。すると猫は、時折ざらついた舌で私の顔を舐めてくれることもあれば、だいたいは勢いよく起き上がって移動してしまう。私の一歩だけ隣に。

なんでもない仲

インターネットで「犬猿の仲でもナプキンは貸してやる」という言葉を目にした。生理用ナプキンの無償配布政策をめぐって議論が絶えないなか、女性同士でナプキンを貸してくれない人はいないだろう、という内容だった。

それを読んで思い出したことがある。私は、高校生の頃いじめにあっていた。いじめられると、教室のなかで視線と距離を意識するようになる。例えば、私はとにかく一番後ろか一番前の席を好んだ。一番後ろの席は、後ろの扉から教室に入ってまっすぐ席に着けばいいので気が楽だ。一番前の席は、後ろで誰かが自分の話をしていても、誰なのかわからないうえによく聞こえないし、正面の先生と黒板だけを見ていればいいので目のやり場に困らない。どちらの席も、もしも自分の噂話をされても誰とも目が合わないので、「なに睨んでるんだよ」と言いがかりをつけられる心配もない。うちのクラスは毎月席替えをするのだが、私は一番前か一番後ろの席を死守した。

ナプキンの話に戻ろう。女子クラスでは、「ナプキンあったら貸して」という生徒がよくいる。ある日、クラスメイトが私の座っている列の前から左右に「ナプキンある？」と訊きはじめた。私は、カバンに手を突っ込んでナプキンを探した。私の前まで、誰も余分のナプキンを持っている人はいなかった。彼女は私を飛ばすことなく、私にもナプキンがないかどうか尋ねた。そのあとのことは覚えていない。多分、その子にナプキンを渡したはずだ。カバンをまさぐってナプキンがあるのを確認し、声をかけられたらすぐに渡してあげようと、ぎゅっと握りしめていたことまでは覚えている。

その日、私は家に帰って母親に「あの子が私にもナプキンを持っているか訊いてくれてすごく嬉しかった」と話した。母は、ナプキンを借りたわけでもなく、人に貸してやったことを喜んでいる私が可哀想で、そのあとひとしきり泣いたという。実のところ、私は母にこのことを話した記憶もない。

それでも、誰にも名前を呼ばれたことのない教室で、私が人として認知された数少ない瞬間だった。そして、その瞬間が与えてくれた人工呼吸をほどこされたような安堵感は、今でも鮮明に覚えている。誰かが挨拶をしてくれた日には、自分も人にはちゃんと挨拶をしようと思いながら布団にもぐって何時間も泣いていた、そんな時期だった。どんな些細なことにも感謝し、どんな些細なことにも安心した。だから、ナプキンを貸してくれという「中身」のある話をされたら、その日の私は嬉しくてたまらなかっただろうし心底ほっとしたはずで、多分いつもよりもう少しだけ幸せだっただろう。だから家に帰ってきてから、今日は学校で良いことがあったと、母親に報告したのだろう。

教室でナプキンを求めていたその生徒と私は、犬猿の仲ではない。その子と私のあいだに「仲」と呼べるほどの関係はなく、当時の私にはそんな人間関係もなかった。でも、犬猿の仲でもナプキンは貸してやるという言葉に触れるたびに、なぜかあのときの、あの中型サイズのナプキンのビニール袋が、手の甲に触れるカバンの裏地の感触が、そして、教室の一番後ろに座って、あのなんでもない仲のクラスメイトが自分のことを無視して通り過ぎるのではないかとハラハラする十六歳の少女の姿が、まるで他人事のように、それでも昨日のことのようにありありと思い浮かんでしまうのだ。

違法ではなく浪漫

旧正月頃のある夜、古い友人から電話があった。「部屋の掃除をしていたら小学校六年生のときに書いた文集が出てきたんだけど、あんたが書いた変態チックな文章を読んで久しぶりに電話した」のだそうだ。そう、彼女は私の狭い人間関係のなかで、悪友ともいえる貴重な友人なのだ。そして私もその言葉に興味をそそられ、文集の写真を送ってほしいと頼んだ。

程なくして、文集に載っている私の作文の写真が送られてきた。「夏の大三角形」（夏の北半球の夜空に見られる三つの明るい星を結んだ三角形）と呼ばれるベガ、デネブ、アルタイルに関する、ちっとも可愛くないばかりかギリシャ文字まで併記したやや冗長な文章だった。友人は写真と一緒に「中二でもなく小六が学校の文集にこんなことを書くなんてどうかしてる。やっぱりあんたはあの頃から変態だったんだね」とからかうようなメッセージを添え、私はそれを読んだあと「ほんと、私らしいや（笑）」と返した。

せっかくなので久しぶりに会う約束をした。土曜日の汝矣島《ヨイド》。待ち合わせ場所のカルグクス［平麺を使った韓国の温かい麺料理］屋の前に友人が現れるや否や、私は「あんた、現金ある？ 千ウォン」と訊いた。現金で千ウォン払えば、駐車券と五百ウォンのお釣りがもらえる店だったからだ。友人は「数年ぶりに会ったのに第一声がそれ？」とため息をつくと、真顔で金をせびる私を見ながら「カツアゲじゃん」と付け加え、金ならあるから心配するなと言った。私はようやく安心してカルグクスを食べた。ついでに蒸し餃子も。なかなかおいしかった。

食後は近所のカフェに入った。友人は馬山《マサン》［慶尚南道《キョンサンナムド》の海岸地帯に位置する街］に行ってきた話をしてくれた。馬山は私たちの故郷だ。友人は、高校からの行きつけのカクテルバーがまだ馬山にあって実家に帰るたびに足を運ぶのだが、今回はちょうどバンドの打ち上げをしている団体客がいて、気付けば自分もいつの間にかそこに交じって一緒に歌っていたと話した。

「最近じゃあまり見かけないLPレコードがたくさんあって、オーナーがかけてくれる曲を聴きながらゆっくりカクテルを飲めるヴィンテージな感じの……ね、わかるでしょ？ 馬山にそういうバーがあるんだ。繁華街の裏通りにも焼酎《ソジュ》を飲める店があって、友だちと何回か行ったことあるんだけど、そういう飲み屋っぽいところはあまり好きじゃないしお酒の味もひどくてさ。それであのバーを見つけてからは、ずっとそこばかり通ってたわけ。カクテルバーに。高校生がよ？　それが今じゃもうすっかり常連よ」

友人はそこまで話すとこちらを見た。私は然るべき反応をすべきタイミングではないだろうかと思って、しばし悩んだ。

「高校生がカクテルバーなんか行っちゃってさ。ははっ」。友人がヒントをくれた。「うーん。厳密に言えば違法だね」。私は言った。友人は呆気にとられた表情で首をぶんぶん振った。

「ちょっと、ソヨン！　違法だなんて！　あれは浪漫って言うのよ、浪漫」

私は未成年の飲酒はどう考えても違法だと思ったが、本気でショックを受けたように「違法、違法か……」とつぶやく彼女を見て申し訳なくなった。記憶をたどってみると、彼女は私をレコード店に連れて行ってくれたり、クイーンのアルバムを初めてプレゼントしてくれたり、フレディ・マーキュリーを教えてくれた友人だった。そうか。浪漫か。ひとりでは作れなかったであろう記憶を分け与えてもらっていたことに気付いた瞬間、ふと、ほんの少し、涙が出そうになった。

パジャマを着た少女たち

休憩広場の壁に、木とベンチが描かれた壁紙が貼られている。花畑もアーチ型の窓もある。私は開かない窓と、枯れることのない芝生と、ゆっくりと色褪せていく花畑を通り過ぎる。ここには季節がない。すべてのものは古びていくだけ。天気に合わない服装、サイズの合わない履物、持ち物が入りきらない小さな紙袋。自分に合うものがひとつもない暮らしのなかで、私たちは常に大きいものを買う。いつかは、その大きさまで育つだろうと言いながら。小さいよりは大きいほうがいいからと、大きくなっても使えるからと、大きくなるまで生きていられるだろうと。

＊ 家で居場所を失った少年少女たちは、インターネットで「家出ファミリー」（家出をした十代の若者が共に集まって暮らすコミュニティ）を募り、モーテルやネットカフェなどを転々としながら共同生活をする。その過程で非行や性犯罪にさらされることも少なくない。家を出て一か月になるというこの少女たちは、パジャマ姿のまま「家出ファミリー」から追い出され、再びあてもなく街をさまよう。

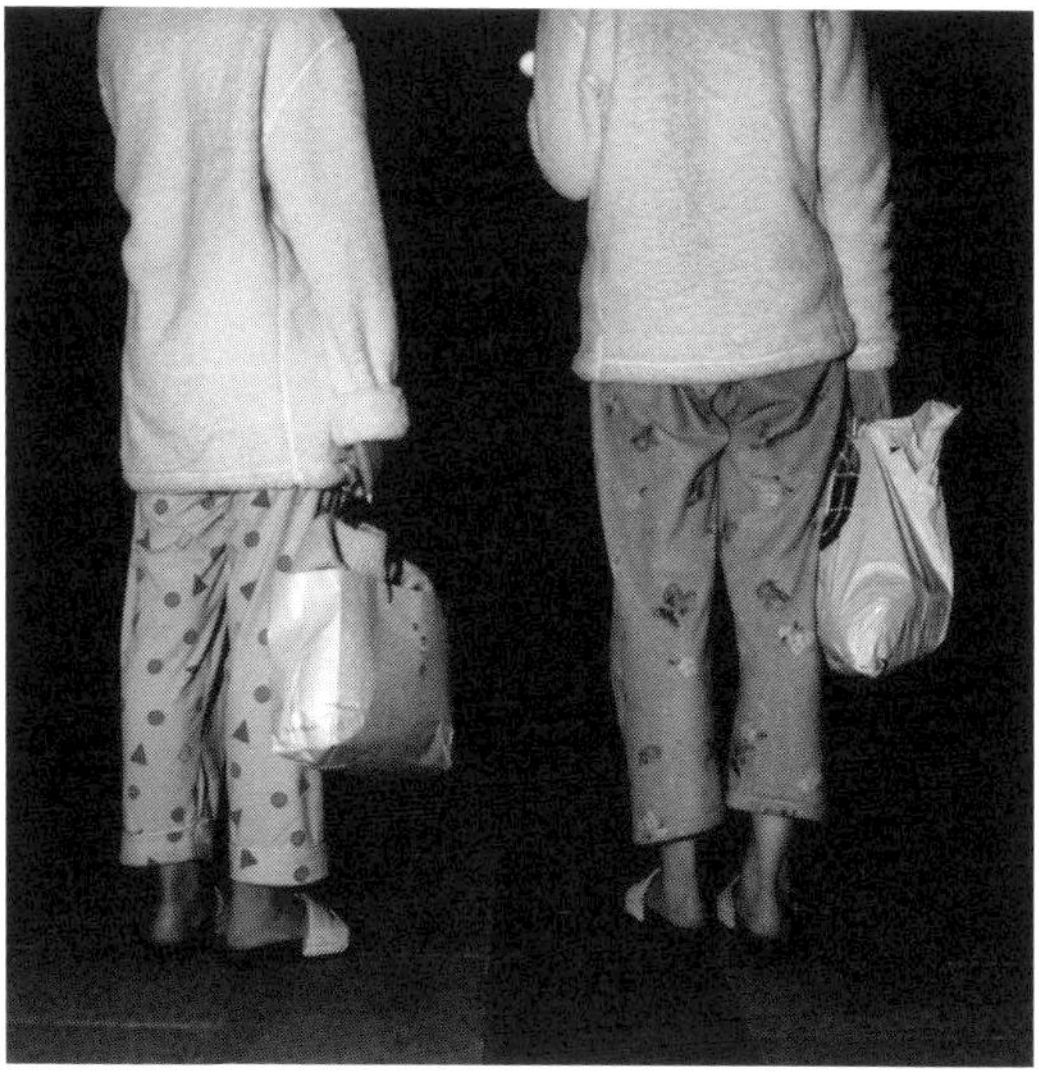

＊　写真©Shin Hee soo

記録されない死

二〇二一年三月、ピョン・ヒスさんがこの世を去った。トランスジェンダーであるピョン・ヒス下士官は軍の服務中に性別適合手術を受け、その後も女性として軍での服務を続行することを希望していたが、軍は男性器を失ったことなどが「心身障害」に当たるとし、除隊処分を決定した。ピョン下士官は、この強制除隊処分の不当性を争う行政訴訟の第一回目の口頭弁論を控えていた。その前の週には、キム・ギホンさんが亡くなった。ノンバイナリー〔二分法的な性別区分に属さない人〕トランスジェンダーであることをカミングアウトしていた。音楽教師で、緑色党〔環境保護、少数者保護活動などを基盤とする政党〕の比例代表候補として出馬経験を持つ政治家でもあり、セクシュアルマイノリティの可視化に取り組んでいた。四月二十六日は、同性愛者人権連帯の青少年活動家だったユク・ウダンさんの十八周忌だ。彼がこの世を生きた時間と、彼がこの世を去ってからの時間が同じになる日だ。

こういった例を挙げれば限りがない。記録されない死、声に出して理由を言えなかった別れはもっと多い。そしてその別れには、毎回嫌悪があった。加害があった。

ユク・ウダンさんの訃報の裏には、同性愛者コミュニティサイトは青少年有害媒体だという、韓国基督教総連盟の強硬な主張があった。キム・ギホンさんの訃報の裏には、セクシュアルマイノリティの問題を政治談話の妨害や害悪だと貶す数多くの言葉があった。ある言葉は有力な政治家の口から、ある言葉は嫌悪を恥とも思わない人々の口から発せられた。ピョン・ヒスさんの死の裏には、国家人権委員会から取り消し勧告を受けたにもかかわらず強制除隊処分を断行した軍がいた。

少数者の死は、決して個人的な事件ではない。戦いの果てに力尽きてしまった人たち、声をあげたことで傷ついた人たち、一歩前に踏み出して道を拓こうとして倒れてしまった人たちの後ろには、彼らを死に追いやった、とてつもなく大きく、はっきりとした、疲れることを知らない集団的な嫌悪があった。社会の加害があった。嫌悪をはばかることなく口にする声、露骨に拒否する表情、侮蔑感を引き起こす表現があったのだ。青少年有害媒体。ソドムとゴモラ。神の震怒。（セクシュアルマイノリティを）見ない自由。（除隊審査）延期申請の拒否。民間人。精神病者。これらは、先に逝ってしまった活動家たちの名前の後ろにつきまとう、言葉にするのもはばかられる検索キーワードである。奪われ、ズタズタに引き裂かれたレインボーフラッグ。国会の正門で追い散らされた経験。無人の記者会見。街頭スピーチをする活動家に因縁をつけ「そんなことを言っていると地獄に堕ちるぞ」と怒鳴る市民。次から次へと押し寄せる嫌悪の波。

嫌悪は、執拗で猛々しく疲れることを知らない。浅瀬の海に立ち、波にさらわれて崩れていく砂を足の指で必死に掴みながら倒れまいと抗うのと同じだ。いかなる個人も、その波に立ち向かい続けることはできない。くずおれて流されてしまうのは一瞬だ。志を同じくする者同士、手を携えて立ち向かおうとしても容易ではない。たちまち一緒に流されてしまう。その波の執拗さには、とうてい勝てそうにない。満ち潮と引き潮があるだけで、波は絶えず押し寄せてくる。生きるためには手を離さないといけないと思う瞬間がやってくる。足から力が抜けてしまう瞬間が。その瞬間、私たちはまた誰かを失う。

死んだら地獄に行くのではと心配する必要はない。はじめからここが地獄なのだ。この果てしなく押し寄せてくる嫌悪という波に打ちひしがれながら立っていなければならない海岸が、二〇二一年の大韓民国が、地獄なのだ。私はもう、この社会から差別がなくなることは望んではいない。とてもそんな大きな夢は持てない。私たちが生きてこの地獄に一緒に踏みとどまれるようにと、せめてそれだけでも切に願いながら、無理矢理にでも息をし、手をつなぎ、足の指に力を込める。

第三部

私たちが物語になるとき

ここに存在する、ある境界について

今や移民人口は二百万人にのぼるという。繁華街や地下鉄で外国語の会話を耳にしたり、外国人を見かけることはもう珍しくない。外国人と聞いて金髪に青い瞳を思い浮かべることは、もはや古い発想に思える。

韓国で暮らす移民について人々が抱いている典型的な人物像（ステレオタイプ）はいくつかに分けられる。アメリカ人、黒人米軍、東南アジア妻、外国人労働者、出稼ぎのロシア人女性、留学生など。もちろん実際には、身長が高く肌の色素が薄い、地下鉄の駅で流暢な英語を話している人が、アメリカから来たのかイタリアから来たのかなど知るよしもない。移民という概念が私たちにとって巨大な未知のかたまりである限り、ステレオタイプはただの呼称であって、その人たちを説明するものではない。

私は、そういったステレオタイプの一部を占める東南アジア妻、きちんと言い換えるなら、結婚移民女性に韓国語を教えている。短期居住者を含めると百八十万人にのぼるという韓国内の移民のうち、結婚して韓国に定着したり定着しようとしている移民女性は約十六万人である。婚姻届の四分の一以上が国際結婚という地域もある。移民女性に韓国語を教えていると言うと、自分の親戚や会社にもベトナムや中国の若い女性と結婚した人がいる、といった話をされることも少なくない。しかし、多くの韓国人にとって国際結婚とは、ステレオタイプな考え方、つまり典型的なイメージでしか想像できないものである。小柄で日焼けした肌、穏和な性格の、故郷の貧しい家で大家族と暮らす若い女性が、裕福な国で暮らすために仲介業者を通して韓国の中年男性との結婚を選んだ、といった具合に。

ステレオタイプというものは、実際には私たちがたくさんのことを見過ごしているという現実を気付かなくさせる。私たちは、ベトナムやフィリピン、タイ、カンボジアについて、アメリカや日本ほどよく知らないし、その人たちがどうやって韓国に来て、どんな暮らしをしているのかも知らない。韓国に生まれ、韓国に暮らしている以上、国境を越えて生活の拠り所を移すということが、どんなに大変なことなのかも知らない。

数週間前、昨年から韓国語を教えていたある受講生がやめることになった。韓国のテレビを観ながら聞こえてくる通りに言葉を書き取り、辞書をひいてもわからなければ休み時間に質問しにくるほど熱心な人だった。勉強を続けられなくなった理由はお金だ。病気持ちの夫の体調がかなり悪化したため、代わりに働きに出なければならなくなったという。まだ保育園にも入っていない幼い娘もいる。何週間も仕事を探し続けた末に、ようやく工場で働き口を見つけ週六日働くことになったと、年末の挨拶がてら伝えに来てくれた。子どもは預け先がないので、家に置いて仕事に出るという。彼女の母国は長年内戦を経験し、数十万人が犠牲になった。韓国語では「下人」と言うべき脈絡で、彼女は何度も「軍人」と言った。故郷の母親と、船便で一か月かけて手紙のやり取りをしていたが、手紙が手元にあると何度も読み返してしまい悲しくなるので、もう書くのをやめたと言っていた。そんな彼女は私と同い年だ。

夏にも、何人かの受講生が仕事の都合で勉強を続けられなくなった。夕方は時給五千ウォンの皿洗いの仕事、早朝はパン屋の清掃の仕事をしていたEさんは、いつもどこかしら体の調子がすぐれなかったが、障がい者である夫を支えて生きていくためには必死に働かざるを得なかった。それすらも永住権者だから可能なのだ。一緒に韓国語能力試験の準備をしていたある日のこと。中級レベルにあたる三級の過去問題に「朝ご飯やってます」という文章が出てきた。飲食店の広告文だ。Eさんはその例文を見て、「朝ご飯、ほかの言い方あります。ち、ちょ……?」と訊いた。

「ああ、朝食ですか?」

「はい、朝食。ほかのご飯もあります。なんと言いますか？」

私は「朝食、昼食、夕食、夜食」と書き、すべて漢字語であると説明した。韓国人は一日三食が基本なので、朝食、昼食、夕食は食事だが、夜食は本来ご飯には入らないと付け加えた。すると、Eさんが言った。

「私は毎日、夜食たべます。パン屋、夜中三時までに行かないといけないので、夜中二時にご飯たべます。夜食たべないともちません」

しかし、それだけ仕事をしてもEさんは生計を立てられず、おまけに夫の看病に追われているあいだに清掃の仕事までも失ってしまった。こうして結局、韓国語の勉強に割いていた週一、二時間のわずかな時間も働きに出ることになったのだ。

Eさんと一緒に勉強していたRさんは、中国の漢族だった。国際結婚のために韓国に渡った女性が多すぎて、中国に〝朝鮮族の独身女性〟はもうほとんど残っていない。仲介業者は、漢族も外見は朝鮮族と似ているので大丈夫だと、韓国人男性とその親を説得する。子どもをおぶって、自宅からかなり距離のあるセンターまで韓国語を学びにきていた彼女も、帰化してすぐに勉強をやめることになった。その理由は運転免許を取得するためだという。韓国で少しでも収入を増やすには運転免許があるほうが有利なため、先に取っておきたいのだと。授業を二週間無断欠席してから、華やかなグリーンのワンピースに身を包み、キラキラしたラインストーンがたくさんついた安物のカバンを持って現れた彼女は、もどかしそうに胸を叩きながら私に訴えた。「義父に電話を取り上げられました。どこにも連絡できないように。それで欠席すると連絡できなかったんです。先生ごめんなさい。でも、もう限界なんです。私、もっときれいになります。そうしないと仕事もありません。お金、稼げません」。両親と同居している彼女の夫は収入がない。韓国に劣らず金と学歴がものを言う国からやってきた彼女は、なんとしてでも稼いで、子どもたちを勉強させようと必死だった。もうすぐ就学年齢になる息子のために、学習塾には行かせてやれなくてもせめて問題集くらいは買ってやりたいと、韓国では貧しい思いをしなくて済むようにと、彼女は願っていた。

多くの送出国において、結婚仲介業は違法である。韓国では費用を払って結婚仲介業者に登録し、プロフィールを見て異性とのマッチングを行うのが主流だが、国際結婚全体の六割が韓国人男性との結婚というカンボジアでも、国際結婚の相手として韓国人がいちばん多くを占めるベトナムでも、キリスト教国のフィリピンでも、仲介業者に斡旋料を支払って結婚するというシステムはそもそも許されていない。

ならば、今も韓国に渡ってきている数千人の移民女性は？　韓国の結婚仲介業者が現地の法を無視したり、賄賂を渡して迂回したり、書類を捏造して成立させた国際結婚によってやってきた人たちも一定数いると言わざるを得ない。カンボジアでは、韓国の結婚仲介業者による違法行為がエスカレートするあまり、韓国人男性との結婚に限りビザが下りなかったこともある。なにせ韓国人との結婚が多いため、最近では知人を通じた仲介という合法ルートでも移民は続いている。

先日新しく受講生になった二十歳手前のベトナム人女性も、知り合いの仲介で結婚し韓国に渡ってきた。韓国に来たものの韓国語がまったくわからないので、二か月くらいは家から一歩も出なかったという。ハングルも読めないので外に出るもの怖いし、夫はもちろん、義実家とも意思疎通ができない。ついには、義父がもどかしさのあまり彼女を私のもとに連れてきた。ベトナムで工場の仕事をしていた彼女は家事ができない。世間の偏見とは違って、ベトナムは社会主義国家なので家事や料理を身につけるための花嫁修業など存在しない。ベトナムから来た多くの移民女性は、社会に出て働くことを当然と考えており、専業主婦になることを強いられると極度のストレスを感じる。彼女は、鉛筆一本、本一冊といった単語を十回ずつ書く練習を始めたところだ。

自分には見えている人がほかの人には見えていない、と感じることがよくある。生徒たちと一緒に地方へ旅行に行ったことがある。韓国文化を体験するプログラムだった。家から持ち寄ったお菓子や、ラオスの代表的な間食である豚の揚げ団子、農業体験で掘り起こしたジャガイモなんかをみんなで食べ、子どもたちと遊んだ。そのあと、韓国の文化遺跡について説明を受けたのだが、ガイドの視線は十数人の移民ではなく終始私に向けられていた。よくあることだ。買い物に行ったが、値段を聞いても教えてくれないので買えなかった、病院で自分よりもあとに来た人が先に呼ばれたので抗議してやっと治療を受けられた、永住権申請のために必要な診断書をもらうために朝十時に行ったのに無視され続け、午後四時になってようやく紙切れ一枚を手渡された、といった話を聞く。彼女たちは目の前で、外国人は面倒だ、嫌いだ、いらいらする、貧しいやつら……こんな言葉を日々浴びせられている。ベトナム、フィリピン、カンボジア、タイなどのアジアの国々は皆それぞれ自国の言語があるので、ベトナム人とカンボジア人が同じ場所にいるからといって互いに会話ができるわけでもないのに、単に〝韓国人ではない人たち〟と一括りにし、〝結婚移民者〟同士勝手に話すだろうと、彼女らを置き去りにして行事を進める場合もある。

そこに残酷な悪意はない。境界があるだけだ。目の前の拙い韓国語を話す人たちは、自分よりもはるかに多様な文化を経験し、途方もない距離を移動してきたかもしれないし、それほど大きな決断を下せる人だということを、私たちは看過しすぎている。見知らぬ相手と正面から向き合ったときに反射的に浮かぶ困惑した表情。無意識に向けられる視線、隣にいる韓国人にいちいち確認を求める眼差し。言葉で発しないからこそかえって浮き彫りになる、こっち側とそっち側の境界。しかし、その境界は言葉として残らないのでその場でまたばらばらに散り、物理的な境界を越えてここにやってきた人たちは皆無知だ、という新しい境界を作る。移民人口が増えても、彼らがこの社会の境界の外側にある巨大な未知のかたまりとしてしか認識されない限り、いつまで経っても彼らは私たちと一緒に存在することはできないだろう。

作家という仕事を始めてから、自分はなにについて書きたいのだろうかと、ずっと考えてきた。最近は、言語化できない境界の向こう側について語りたいという思いが強くなった。韓国社会を囲う強固な境界の内側に、まだ言葉で充分に語り尽くされていない話を伝えたい。ステレオタイプ化された数十万人。彼らにも一人ひとりの人生がある。私は、ある種の無知は、たとえそれが当事者の責任でないとしても、正しくないと信じている。

私と韓国語を勉強した移民たちは、多分この文章を読むことはないだろう。生き抜くための初級韓国語を死に物狂いで学ぶ彼女たちに、そんな余裕はないはずだ。でも、私はあなたに、今これを読んでいるあなたに話したかったのだ。今この瞬間もここに存在する、ある境界について。

雲のふるさと

徹夜で執筆作業をして、最近はまっているインド風レトルトカレーに、冷凍ご飯を混ぜて食べた。汽車のなかで眠るつもりだった。ソウルの永登浦《ヨンドゥンポ》から全羅北道《チョルラプクド》の南原《ナムウォン》までは、ムグンファ号［中長距離を結ぶ急行列車］で四時間以上かかる。梅雨明けのどんよりと曇った月曜の朝、オリンピック大路［漢江《ハンガン》の南側を横断する都市高速道路］はひどい渋滞だった。余裕をもって出発したはずが、結局は車を降りて駅まで全力疾走するはめになった。さっき食べたカレーの酸味が喉元に込み上げてくる。

大人が九人に子どもが七人。四歳未満の子どもは切符を買わなくてもいいので購入したのは全部で十三席。そのうちひとつだけ席が離れている。私は車内をぐるりと見渡して、前の座席にリュックを掛けて眠っている男性の隣の窓側席に座った。リュックを抱えて座っているうちに胸焼けはおさまり、ここ数日でたまっていた疲れがどっと押し寄せてきた。朝の八時だというのに、子どもたちは元気いっぱいだ。いったいどこからそんなエネルギーが湧いてくるのだろう。静かにさせるのも面倒だ。注意しても、十分ともたないに決まっている。あの年頃の子どもたちは、鳥のようにピーチクパーチクと騒ぎ、三歩あるけば忘れる。可愛らしくて、か弱くて、自由なところも鳥そっくりなので、大人は腹を立てることもできずお手上げ状態だ。ニワトリでもカラスでもかまわないが、とにかく今は寝かせてほしい。ここは、私よりもベテランのセンター長がなんとかしてくれることを祈ろう。

すぐにまぶたが重くなった。鳥のさえずりとセンター長の声がかわるがわる聞こえたような気がするが、聞こえないふりをして心地よい揺れに身を委ねた。考えてみれば、ムグンファ号に乗るのは久しぶりで、南原に行くのも初めてだった。

四時間二十分の長旅だった。ひたすら寝ていたら、もうすぐ南原に着くというアナウンスが流れた。初めて降り立つ汽車の駅を出て南原のセンター長と挨拶を交わし、古いワゴン車にぎゅうぎゅう詰めになって乗り込んだ。南原の多文化家族支援センターから招待された一泊二日の農村体験に参加するには、市内の駅からしばらく車を走らせなければならないらしい。晴れていたが、蒸し暑く雲の多い天気だった。センター長は、ここ一週間雨続きだったので今日は晴れてよかったと言った。予報では夜はまた雨らしい。田舎の夜空に輝く星を見ながら、ラオスとタイの星座の話を聞こうと思っていた私の計画は、こうしておじゃんになるのか。私は空を見上げて浅いため息をついた。

子どもたちをたくさん連れての旅行なので、どうせ星を見る時間なんてないだろうと思い、星図を持ってこなかったのは正解だったかもしれない。

天文学者といえば夜に望遠鏡を覗き込む姿を想像するが、天文学とは必ずしも夜空を研究する学問ではない。小白山《ソベクサン》の天文台に行ったとき、博士は、ここは気象条件に恵まれているほうではないので観測日数が限られているが、電波天文台は天候に左右されないと教えてくれた。昼夜を問わず、雨の日も風の日も、電波天文台からは宇宙が見られると。何気なく聞いていたが、とても素敵だと思った。いつでも届くような気がするから。いつでも手を伸ばせそうな気がするから。

私は長いあいだ天文学者になるのが夢だった。今でも実家の勉強部屋には、小学生の頃に購入した黄緑の天体望遠鏡が置いてある。マンションに住んでいた私がその小さな望遠鏡で見たものといえば、せいぜい太陽と月、惑星、二重星、いくつかの星団くらいだったが、望遠鏡があるだけで満足だった。いつでも宇宙に一歩近づけるような気がして。すぐ近くにあるように見える星と星のあいだには、実は気の遠くなるような時空間があり、その遥かな空間をなにかが満たしているかもしれないという話も好きだった。星と星のあいだの空間は、人と人のあいだの空間のようだと思った。近くにあるようで、実はまったく別の場所にある未知の存在たち。

天文学や哲学を専攻した人にとっては夢物語のような話だろうが、私は人の宇宙と空の宇宙は同じだと考え、その公式を地上にあてはめた。実際に哲学を学んだ今でも、しばしば人を星に置き換えて考えたりもする。目では決して測れない距離があり、望遠鏡で覗いても見えない本心がある。それでも、人と人のあいだにも、視線を向ければ見える輝きがあり、耳を傾ければ聞こえるなにかがある。光学望遠鏡で星の色や温度、年齢を推定し、電波望遠鏡を使えばからっぽに見える空間に数多くの〝なにか〟を見つけられるように。永遠に届かないかもしれないが、目を背けることなく手を伸ばし、耳を傾ければ、届くかもしれないという希望がある。

そもそも、星座について語るなんて夢のまた夢だった。子どもたちを連れた旅行で大人がなにかをするというのは土台無理な話であり、実際にうちのセンターを訪ねてくる結婚移民女性は、皆そこまで韓国語が流暢ではない。韓国に数年住んでいても、日常会話から少しでも発展するとついてこられない。自分の考えや経験を、言葉でなく文章で伝えられるようになってほしいというのがセンター長の思いだった。そこで、子ども向けのプログラムを担当していた私が、一応は小説家なのでとりあえず先生をすることになった。でも、来学期に使う教材は低学年用の「かきかた練習帳初級」だろうし、私たちが韓国とタイの星座の話をする日は永遠に来ないかもしれない。農村の民宿で、カラオケの伴奏に合わせて『出会い《マンナム》』を渋く歌い上げた班長のトンパさんに、タイでは星座の話をする余裕があったかどうか訊ける日は、永遠に来ないかもしれない。家事や子守に追われながら仕事をし、義両親の世話までしないといけない結婚移民女性のなかに、私と一緒に教科書を最後のページまでやりきる人は何人いるだろう。

それでも、私たちは思い立ったらいつでも星を見ることができる。今この瞬間も、電波望遠鏡は世界の至る所から空を見つめている。私たちはいつでも宇宙に囲まれていて、ただ立っているだけでいちばん近くにある惑星を全身で感じることができる。ソウルに住んでいる今となっては、実家にある天体望遠鏡のレンズのキャップを外すことはもうないかもしれない。でも、私は知っている。自分が、星のように煌めく人々のあいだの空間に手を伸ばせるということを。そして、目に留まることはなくても、遥かな時空間を超えて今も電波望遠鏡から送られてくる宇宙の数多《あまた》の痕跡のように、長い時間が経てば、たとえ目に見えない場所でも、私たちの今日という時間がどこかで輝くだろうと信じている。その長い時間が、宇宙という空間ではほんの一瞬だと思うと、ほっとする。

子どもたちを連れた旅行は大荷物にならざるを得ない。前の座席に折りたたみのベビーカーと旅行カバンを積んで、後ろに十八人が折り重なるようにして座れば、エアコンをつけても一向に涼しくならない。子どもたちは暑いと言いながらもすこぶる元気だ。今朝見たソウルの曇り空とはまったく違う日差しが、乾いた雨粒の跡が点々と残る窓から差し込んでくる。

「先生、雲はどうやってできるの？」

窓の外をじっと眺めていたジアが訊いた。カメラを向けられるたびに変な顔をしておどけたがる六歳の女の子だ。

「地球にはひろ〜い海に水がたくさんあるでしょ？　それに今日は暑いわよね。こんなに暑いのは太陽があるからなの。太陽が熱いから、その熱で海の水が空へぷかぷか上っていくのよ。すると、うんと高く上っていった水が集まって大きなかたまりになるんだけど、それが雲。雲は海から上ってきた水がたくさん集まってできたかたまりなんだよ。だからあの雲は、もともとは海からやってきたの」

難しかったようだ。ジアは興味を失い、くるりとセンター長のほうを振り向いた。

「おばあちゃん、おばあちゃん、クイズもう一回！」

「いいわよ。じゃあ問題ね。雲のふるさとはどこでしょう？」

子どもたちが首を傾げる。長いあいだ工学を学び、いっときは留学生、そして博士だったが、今は子どもたちにおばあちゃんと呼ばれているセンター長がヒントを出す。

「チョン先生がさっき説明してくれたでしょう？　雲はどこから空に上ってきたのかな？」

ジアは少し悩むと、前の座席にずいっと身を乗り出して、自信満々に叫んだ。

「はい！　はい！　わたし知ってる！」

「あら。ジアわかる？　雲のふるさとは？」

「タイ！」

ジアの母親の故郷だ。私は窓の外に広がる宇宙と、田舎道をガタガタと走っていくワゴン車のなかに広がる宇宙を感じながら、クスッと笑った。

あなたの濡れた羽根が乾くまで

ジュリー・アンヌ・ピータース著『ルナ（*Luna*）』（Kungree Press, 2010）未邦訳

韓国語版訳者あとがき

フレッドC.マルティネスJr.（Fred C. Martinez, Jr.）は十六歳のトランスジェンダーだった。トランスジェンダーであることを隠すことなく学校に通い、化粧や服装のせいで陰口を言われることもあったが、快活な性格で、家では末っ子として可愛がられていた。フレッドという名前も嫌いではなかったので親しい人たちからはF.C.と呼ばれるままにし、あるときは自分の好きな歌手の名前を借りてビヨンセというあだ名で呼んでくれと言っていた。フレッドは、近所で開かれたフェスティバルに出かけたのを最後に、その一週間後、現地の人々に通称「穴」と呼ばれている奥まった場所にある渓谷の陰で、石で殴られて死んでいるのを発見された。フレッドの母親は、原形を留めないほど激しく損傷した遺体に残されたヘアバンドを見て、我が子であることを確認しなければならなかった。そしてその日の夜、「虫けらみたいなホモ野郎どもをなぶり殺しにしてやった」と自慢していた犯人が逮捕された。犯人は十八歳。レズビアンの母を持つ息子であり二人の子どもの父親だった。

ジュリー・アンヌ・ピータースは、夢に出てきた「ルナ」というトランスジェンダーからインスピレーションを得てこの小説を書きはじめた。著者は『ルナ』を書くために地域のセクシュアルマイノリティセンターでたくさんの人に会い、自身の経験を前向きに分かち合おうとする人々の話を聞きながら、彼らの本当の生き方を小説にすれば彼らの努力がかえって些細なものとして誤解されてしまうかもしれないという懐疑を抱き、執筆を中断した。ところが、そう決心した翌日に、新聞でマルティネス殺人事件の記事を読んだ。当初、被害者は同性愛者と報道されたが、著者は記事を通してマルティネスがトランスジェンダーだったことを知る。そして、事件そのものだけでなく、事件に対する世間の反応を見ながら社会の無知と暴力性を痛感し、『ルナ』の脱稿を決心する（著者はこの偶然を、本を書き上げるための運命のように感じたという）。数年後、世に発表された『ルナ』は、当然ながらマルティネスに献呈された。

ピータースは、青少年が〝明るく健全な生活〟を強要される現実において、実は、成長とは苦痛と不正を伴わざるを得ないものであることをリアルに描いている。安易で導きやすい答えを提示する代わりに、登場人物とともに読者をつらい現実と向き合わせる。そうしながらも、人間に対する信頼と未来に対する希望を失うことなく、そのすべてを支える勇気を見出そうとしている。著者はこの本について、「〝違いと多様性〟の議論を超えてこの本に登場するルナとレーガンの姉妹愛の力を信じてほしい。それこそがフレッド、そして、ジェンダーアイデンティティに悩むすべての人々に敬意を表す方法だと思う」と語っている。

『ルナ』の幕切れは、希望を残してはいるがハッピーエンドではない。ともすれば、いや、間違いなく、ルナとレーガンはさらなる壁を目の当たりにし、またもや傷つくことだろう。それでも私は、訳者である前にひとりの読者として、彼らが生き残り幸せになることを願いたい。さなぎから孵《かえ》ったばかりの彼らと、私たちみんなに、濡れた羽根を乾かすことのできる機会が与えられますように。この本が自分の物語のように感じられた読者はもちろんのこと、そうでない読者にも、〝私たち〟の話として受け入れられますように。遠くない未来に、あなたが昼間の空を自由に飛び回れる日がやってきますように。

共感覚的な共感で

ウェンディ・マス著『マンゴーのいた場所（*A Mango-Shaped Space*）』（Kungree Press, 2007）

韓国語版訳者あとがき

『マンゴーのいた場所』*は、文字に色がついて見える共感覚を持つ、ミアという少女の物語だ。著者であるウェンディ・マスはあるインタビューで「執筆作業の調べ物をする過程でいちばん驚いたことは？」という質問に、「共感覚者は意外とたくさんいるということ」と答えた。五十人規模の大会議室で行われる共感覚者の集まりに行ったこともあるという。

共感覚者は二千人に一人の割合でいるらしいので、一クラス約三十人、一学年十クラスの小学校の場合、全校生のうち一人は共感覚者ということになる。あなたは共感覚について聞いたことや、学校で共感覚の持ち主に会ったことはあるだろうか。

私も本を読むまでは知らなかった。だからミアの話に非常に興味をそそられた。もしかしたら、自分も色を感じられるんじゃないかと、少し——ほんの少しだけ——期待しながら本の文字をじっと睨んだりもしてみた。そして、いろんな人たちのフェロモンを見る場面では、ミアが羨ましくなった。特別だということは実に素晴らしいことだと思うからだ。もちろん、ミアが親友のジェンナにも秘密を打ち明けられなかったり、数字まで色で見えるために数学で苦労したことは気の毒だが。

ミアの特別さは、共感覚にあるのではなく、飼い猫のマンゴーに対する愛情、ジェンナとの友情、つらい経験を乗り越えビリーを手助けしようとする姿にあると思う。食べ物を食べるときも色が見えるというアダムは、ミアよりもずっと珍しい共感覚者かもしれない。それでも、大切な猫を亡くし悲しみに暮れている友人のミアに向かって「ぼくはアレルギーがあるから猫は嫌いだ」と言った彼のことを、ミアよりも特別だとは思わない。

私たちには皆それぞれ、他人とは違う部分がある。ミアの共感覚のように秘密にしていれば誰にも気付かれない〝違い〟を持つ人もいれば、誰もが一目でわかる〝違い〟を持つ人もいる。でも、私たちはそんなちょっとやそっとの違いが原因で、変わり者扱いされたり特別な存在になったりするわけではない。ミアは共感覚を失ったあとも、友人のロジャーにひどい言葉を浴びせてしまったことを謝らなければと反省し、学校でひとりぼっちの少年ビリーを気に掛けるなど、心優しい少女のままだった。ともすれば、私たちを特別にするのは、大きくて、重大で、驚くような、際立った〝違

＊ ウェンディ・マス『マンゴーのいた場所』金原瑞人訳（金の星社）、二〇〇四年

い〟ではなく、違いを認め、他人に共感する経験を毎日着実に積み上げていく、私たち自身の態度なのではないだろうか。

それぞれが抱える悩み

エレン・ウィットリンガー著『名前がどうした（*What's in a Name*）』（Kungree Press, 2013）未邦訳

韓国語版訳者あとがき

誰とでも分け隔てなく過ごせる人がいる。とくに嫌いな人がいるわけでもなく、誰にでも親切な人もいる。学生時代の私はそうではなかった。周りの人に自分から優しく話しかけたりするような人間でもなかった。学校には仲良くなれない友だちもいたし、仲良くなりたくない友だちもいた。学校で顔を合わせる同年代の子どもを〝友だち〟と呼んではいたが、同じ時期に同じ空間に縛られているという特殊な条件を抜きにすれば、それはなんとも奇妙で一時的な関係だったような気がする。

『名前がどうした』の著者エレン・ウィットリンガーは、典型的な偏見の裏側にある、真の人間の姿を描きたかったという。この本を読みながら私は、かつての奇妙だった関係、とくに私が仲良くなれなかった〝友だち〟のことを思い出した。アダムが海岸で偶然グレッチェンに会ったように、私にも同じような機会があったなら、結果は変わっていたのではないだろうかと思うような関係があ

る。実際に、そういった思わぬ機会に〝意外な一面〟を発見したこともある。

もともとは芸術学を専攻していたエレン・ウィットリンガーは、一九七九年に詩人としてデビューしたのだが、一九九三年に十五歳の若者の初恋を描いた『ロムバルドの法（*Lombardo's Law*）』（未邦訳）を発表し、青少年小説を書きはじめた。一九九九年、レズビアンの若者のカミングアウトに向き合った『甘酸っぱい初恋（*Hard Love*）』（未邦訳）でラムダ賞を受賞。マイケル・L・プリンツ賞の最終候補に残り、奥深いテーマをリアルで繊細に描くヤングアダルト小説家として注目を浴びはじめた。『名前がどうした』は『甘酸っぱい初恋』の後続作品である。著者は前作に続きセクシュアルマイノリティの若者の苦悩を代弁しつつ、これを多くの若者が経験する〝自分は何者か〟というアイデンティティの苦悩へと拡張させた。

『名前がどうした』の作風は至って穏やかだ。村の名前を決めるための住民投票、オニールのカミングアウトという二つの大きなアイデンティティの葛藤を描いているが、どちらも読者が胸を痛めるほどの悲痛さではない。実際に、住民投票で発生しうる最悪の結果といっても、村の名前が変わるか変わらないかであり、オニールの周りには、先にカミングアウトをした学校の先生やセクシュアルマイノリティを支持するサークル仲間のように、支えてくれる人たちがいる。

私たちは皆が皆、常にアイデンティティについて思い悩んでいるわけではない。そんな必要もない。成長は時に緩やかに、ゆっくりと起こり、変化や成長に伴う苦悩の程度は人によって違うものだ。『名前がどうした』の素晴らしさは、まさにここにあるのではないだろうか。十人の登場人物は、今、十代の自分が悩める分だけ悩めばいいし、今すぐ答えが出なければしばらく目を逸らしてもいいし、深刻な問題だからといって必ずしも思い詰めたり憂鬱になる必要はないということを、読者に伝えている。

もちろん、だからといって成長というものがいつも平穏だとは限らない。悩むときは悩む。悩みたいときは悩める分だけ悩む。青少年期の若者に与えられた悩める力は、所詮その程度なのだから。言ってしまえば、さらに努力したところでどうしようもないのだ。物語の登場人物も、そんな現実のなかで生きている。家庭内の問題から抜け出すことも解決方法を探すこともできないまま、「まだ運転免許すらない」ジョージが感じるもどかしさ、いつか大学に進み大人になれば違う生き方ができるかもしれないという期待を人知れず抱きながら、地獄のようなスクールバスを耐え忍ぶシャクァンダの脆《もろ》いプライド、ようやく第一歩を踏み出したものの、世の中と、いや、それ以前に親とぶつかってばかりのオニールが感じる途方のなさ……。それらは今すぐ表面化するような問題ではないが、それぞれの登場人物が自力で解決することもできない。とにもかくにも、各自がそれぞれ抱えたまま成長しなければならない悩みなのだ。

それでもいいのではないだろうか。なにも今すぐ、酸《す》いも甘いも嚙み分けた真摯で成熟した人間にならなくてもいい。目の前で起きている出来事を自分の力でコントロールできると思い込まず、さほど気負うこともなく、身の周りで起きていることに耐えられるだけ耐えれば、それで充分なのだ。時にジョージのように大泣きし、ナディアのように見知らぬ子どもの前で自分をさらけ出し、ネルソンのように悪態をつき、グレッチェンのように母親を避け、クィンシーのようにひた走りながら。その過程で、もしできるなら、自分は何者なのか、そして自分の周りの人はどんな人間なのかをゆっくり理解していきながら、そうやって自分のペースで成長すればいいのではないだろうか。焦らなくても、私たちはどうせいつか大人になるのだから。

作家を夢みたことはないけれど

ナンシー・クレス著『ダンシング・オン・エア（*Beaker's Dozen*）』（現代文学, 2015）

韓国語版訳者あとがき

ナンシー・クレスは二十代後半から小説を書きはじめた。幼い頃から小説家を志していたわけでもない。イタリア系アメリカ人の家庭で育ち、親戚のなかに大学に進学した者はひとりもいなかった。母親は幼い娘に「先生、看護師、秘書のうちなにになりたい？」と訊き、十二歳のナンシーは先生になると答えた。母親が考えられる女性の職業は、その三つしかなかった。それでも母親は、「あの子はお嫁にいけるくらい充分綺麗なのに、どうして大学なんかに行かせるんだ？」と身内に反対されても、〝女〟を大学に行かせるなんてどうかしてると周りから後ろ指をさされても、娘を大学に入学させた。ナンシー・クレスは大学を卒業後、小学校で教鞭を執っていたが、その生活は三年で終止符を打った。夫とともに閑静な郊外に引っ越してからは幼い子どもの子守をしながら一日中家で過ごし、二人目を妊娠した。仕事もなく、同年代の友だちもいなければ、車もない。著者は赤ん坊が昼寝をしている合間を縫って、ペンを手に取り執筆を始めた。真剣に作家を夢みていたというよりも、そうでもしなければドラマを見ることくらいしかやることがなく、退屈すぎてどうにかなってしまいそうだったからだという。

ナンシー・クレスは、一九七六年に初の短編が有名SF雑誌『ギャラクシー』に掲載されるという快挙を成し遂げたが、稿料をもらえなかった。彼女はこのことについて、自分はSFコミュニティに属してもいないしなんの情報もなかったのでデビューできたのだと思う、と振り返っている。『ギャラクシー』は、SFというジャンルを拡張させ、五〇年代の古典的なSFから「ニューウェーブ（新しいSFを探求する動き）」の扉を開くにあたり重要な役割を果たした。しかし、一九七〇年代後半、同誌は、財政難により誌面を埋められない状況に陥った。雑誌社の事情をよく知る作家たちは、稿料をもらえないことを恐れ誰も作品を投稿しなかったのだ。人里離れた町に暮らす主婦のナンシー・クレスは、このような業界事情を知らずに、原稿を雑誌社に送り、そうやって小説家デビューを果たした。[1] 次に執筆した短編小説が売れたのは一年後のことだった。その次の短編が世に出るまでにまた一年かかった。

その間に著者は出産し、幼い息子たちを育てながら夜間大学院で英文学の修士を取得するために奮闘した。三十歳になった。職場に一時復帰し、離婚した。広告会社に就職し、その合間に執筆を続けた。書いたのは主にあまり注目されることのなかったファンタジーで、それも一九八〇年代はじめまでは、年に二編くらいを誌面に載せるのがやっとだった。

そうやって執筆活動を続けて十年余り経った一九八六年、短編ＳＦ「彼方には輝く星々（*Out of All Them Bright Stars*）」（一九八五）[2]でネビュラ賞を受賞し、ついにＳＦ作家として日の目を見た。一九九〇年頃、著者は広告会社を退職し専業作家となることを決心する。その翌年の一九九一年、四十三歳で代表作『ベガーズ・イン・スペイン（*Beggars in Spain*）』を発表した。ナンシー・クレスは、この中編小説でヒューゴー賞、ネビュラ賞、アシモフ誌読者賞を総なめにし一躍有名作家となり、現在まで休みなく旺盛な活動を続けている。三十冊以上の科学小説を刊行し、ネビュラ賞を六回、ヒューゴー賞を二回、ローカス賞を二回、その他にもキャンベル賞、スタージョン賞などを受賞し、ほぼ毎年受賞候補にノミネートされている。現在は、四人目の夫である小説家ジャック・スキリングステッドとシアトルで暮らしている。

ナンシー・クレスの作品世界の特徴は大きく三つである。一つ目は、科学より人物中心であるという点、二つ目は、生命工学と遺伝工学というモチーフを頻繁に用いているという点、三つ目に、優れた中短編を多数発表しているという点だ。本書は、ナンシー・クレスのこの三つの特徴が際立つ十三編の中短編代表作を収録した作品集である。

1　数年後に稿料として百五十ドルが支払われたという。
2　フィリップ・K・ディックほか『彼方には輝く星々』（創作と批評、2009）に収録。

著者が旺盛に活動していた一九九〇年代は、SFの転換期だった。それまでの主流だった雑誌中心のデビューシステムは影を潜め、世紀末の科学的発見が相次いだ。一方ではジョー・ホールドマン、ハーラン・エリスン、アーシュラ・K・ル＝グウィンといった六〇年代に登場した中堅作家らが続々と秀作を発表し、もう一方ではマイクル・スワンウィック、ジェイムズ・モロウ[3]、テリー・ビッスン[4]といった風刺作家たちが作品を発表した。ロイス・マクマスター・ビジョルド[5]のようなハイレベルなスペースオペラ作家が登場し、ビジョルド以外にもオクティヴィア・E・バトラー[6]、コニー・ウィリス[7]、カレン・ジョイ・ファウラー、キャサリン・アーサーなど、女性SF作家の作品が注目を浴びるようになった。さらに、グレッグ・イーガン[8]、ジェフリー・A・ランディス[9]、テッド・チャン[10]のように、科学を専門的に学んだ作家による小説も紹介されるようになった。

　ナンシー・クレスはこのような流れのなかで、主に人物中心の科学小説を書く作家として評価されている。科学的な素材を用いてはいるが、それはほとんど副次的なものであり、人物の感情と行動にフォーカスした作品を主に発表している。著者本人も、自身の作品を人物中心であると評している。著者は、科学的矛盾がないように注意を払ってはいるが、あくまでも肝心な要素は人、人物であり、人物を先にイメージしたあと、自分がその人物ならどう行動するかを考えながら執筆するという。作品と密接な関係にある人物が頻繁に登場し、その人物たちのあいだの感情の機微が生々しく描かれているのも、そのためだろう。

例えば、著者はこの本の収録作である「誤差の範囲（*Margin of Error*）」に出てくる姉妹について、こう述べている。「女性はいつも仕事と家庭の狭間で葛藤します。（……）キャリアを追い求めるためには誰かに子どもを預けないといけません。家にいるとこの世から自分の居場所がなくなってしまうかもしれないという不安に襲われます。この問題に解決策はありません。この短編は遺伝子工学をモチーフにしていますが、女性たちにとっては至極現実的なこの問題をめぐって奮闘する物語でもあるのです」。著者はまた、物語を作りあげることができるほど近しく強い結びつきがある関係は、数えられるくらいしかないと言いながら、自身が姉妹関係を軸に作品を執筆することが多い理

3 神の死体が空から墜落する物語『神の曳航（*Towing Jehovah*）』韓国語版がある。
4 代表作「彼らは肉でできている（*They're Made Out of Meat*）」が『彼方には輝く星々』に収録されている。
5 代表的なスペースオペラ・シリーズ「マイルズ・ヴォルコシガン（*Miles Vorkosigan*）」シリーズの韓訳版が刊行されている。
6 代表作『キンドレッド：きずなの招喚（*Kindred*）』（Vichebook, 2016）、『血をわけた子ども（*Bloodchild and Other Stories*）』（Vichebook, 2016）韓訳版刊行。邦訳は藤井光訳（河出書房新社）、二〇二二年。
7 代表作『犬は勘定に入れません（*To Say Nothing of the Dog*）』（Open Books, 2001）、『ドゥームズデイ・ブック（*Domesday Book*）』（Open Books, 2005）韓訳版刊行。
8 代表的なハードSF『宇宙消失（*Quarantine*）』（Happy reading, 2003）韓訳版刊行。
9 NASAの科学者。韓国では月を背景にした「日の下を歩いて（*Walk in the Sun*）」が『彼方には輝く星々』に収録されている。
10 韓国でも人気のSF作家。代表作『あなたの人生の物語（*Stories of Your Life and Others*）』（ellelit, 2016）韓訳版刊行。

由について語っている。「異性関係や同性関係に集中すればロマンスになってしまうし、ロマンスジャンルのクリシェと感性を踏襲してしまいます。となると、残るは親子や兄弟姉妹の関係なのです」。

ナンシー・クレスは、世界を構築するというよりは、人物との関係を構築する作家ではないだろうか。この本に収録された作品を見ると、比較的長めの中長編小説であっても、登場人物の数は多くないし、物語の時間軸も非常に短い。韓国に紹介された同時代の作品のうち、アーシュラ・K・ル＝グウィンの「ハイニッシュ・サイクル」シリーズ、数世代にわたる変化を描いたケイト・ウィルヘルムの『鳥の歌いまは絶え』、タイムトラベルを通じて膨大な時間と大規模な変化を描いたコニー・ウィリスの『犬は勘定に入れません』などと比べると、この違いはさらに際立つ。ナンシー・クレスは〝今この場所（here and now）〟の現実を描くSF作家なのだ。

ナンシー・クレスのもうひとつの特徴は、生命工学と遺伝子工学という素材を用いていることだ。本書の収録作の多くが生命工学と遺伝子工学をモチーフにしており（「ベガーズ・イン・スペイン（*Beggars in Spain*）」「誤差の範囲（*Margin of Error*）」「進化（*Evolution*）」「性教育（*Sex Education*）」「ダンシング・オン・エア（*Dancing on Air*）」など）、「断層線（*Fault Lines*）」「密告者／オーリット刑務所の花（*The Flowers of Aulit Prison*）」といった作品からも、著者が同時代の生命工学的な発見に関心を寄せていたことがうかがえる。

ナンシー・クレスは中編を得意とする作家と評価されている。中編は量が半端なため、単独では出版には至りにくい。中編小説は通常、雑誌に二、三回にかけて連載されるのだが、その後、著者個人の小説集が刊行されたり長編に改作されない限り、読者に読まれることはない。SF作家の中編作品を読める機会はなかなかないうえに、特定の著者の代表作だけを集めて読むのはさらに難しい。著者は中編の長所について「新しい世界をつくるには充分長く、ひとつのプロットさえあれば充分なほど短い」「長編小説より密度は高いが作業できるスペースはちゃんとある」と、何度も中編への愛情を明かしている。[11]

本書は、著者が一躍スター作家になったきっかけともいえる傑作「ベガーズ・イン・スペイン」、ネビュラ賞に輝いた「密告者／オーリット刑務所の花」、三票差で惜しくもヒューゴー賞を逃した

11　さらにナンシー・クレスはそんな話をするたびに、中編では生計を維持できないと付け加えている。本書に収録されている作品のうち「ベガーズ・イン・スペイン」は、その後長編に改作され三部作の長編として書き直された。二作目までは著者本人が自発的に書いたが、シリーズの三作目はエージェントが介入したとコメントしている。この三部作は本書に収録された中編ほど良い評価は得られず、とくに三作目は著者本人が自嘲を込めて「みんなあの本が嫌いだった」と回顧するほど反応は芳しくなかった。著者は二〇〇〇年代初頭に「密告者／オーリット刑務所の花」の世界観を拡張した「プロバビリティ」シリーズを発表したが、このシリーズは中編に肉付けしたのではないため「ベガーズ・イン・スペイン」の三部作よりはずっとましだったが、ナンシー・クレスの作家としての力量は長編やスペースオペラシリーズよりも中短編で発揮されることを示している。

「ダンシング・オン・エア」[12]「断層線」などの中編が多数収録されているという点で、非常に貴重な単行本だと言えよう。〝もし眠らない人がいるなら？〟という仮定から出発した「ベガーズ・イン・スペイン」は、人物同士の強烈な感情と確執、リアルな世界観が印象的な作品だ。「密告者／オーリット刑務所の花」は、姉妹の葛藤と宇宙人／もうひとつの世界との接触という二つの関係を冷静に描いており、「断層線」は絶対的交感という不可能な状態に対する渇望と関係の虚しい裏側を淡々と綴っている。本書の表題作である「ダンシング・オン・エア」は、親子の愛と確執、理想と目標に対する凄絶な執念、生計と日常の影、代償を払わなければならない数々の選択の重みを、生命工学とバレエという一見異質な二つの素材を用いて美しく紡いだ物語だ。

そのほかにも、ファンタジー風の「娘たちに（*Unto the Daughters*）」と「サマー・ウィンド（*Summer Wind*）」、サイバーパンクの影響が垣間見られる「いつもあなたに正直に、自分なりに（*Always True to thee, In My Fashion*）」や歴史改変ＳＦの「芸術は長く人生は短し（*Ars Longa*）」など、著者の多様な試みが作品に投影されている。このように本書は、ひとりの作家がもっとも精力的に活動した時期の作品が圧縮された、ずっしりとした重みのある小説集である。

これまで韓国に紹介されたＳＦ小説のうち多くは、一九六〇年代から一九七〇年代後半にかけてのニューウェーブ時代の作品である。この時期に、すでに傑作と公に認められたＳＦ小説が次々と刊行された。ＳＦ小説に対する偏見を打ち砕ける作品を韓国の読者に伝えようとした企画者たちの努力の結果ともいえる。そして最近では、英米圏の優れたSFが韓国語に翻訳され刊行される間隔が短くなってきたように思える。テッド・チャンの『あなたの人生の物語（*Story of Your Life*）』、ジョン・スコルジーの『老人と宇宙《そら》（*Old Man's War*）』、エリザベス・ムーンの『くらやみの速さはどれくらい（*Speed of Dark*）』、ピーター・ワッツの『ブラインドサイト（*Blindsight*）』、コリイ・ドクトロウの『リトル・ブラザー（*Little Brother*）』などは、原書が刊行されてから数年以内に韓国で訳書が出ている。同時代の優れた科学小説を韓国語で読めるというのは、読者にとっても実に幸せなことだ。

しかしその一方で、この間、つまり一九八〇年代から一九九〇年代にかけて発表され、韓国に紹介されているSF小説は、たくさんあるにもかかわらず、それ以前や以後に出てきた英米SF小説に比べると体系的に整理されているとは言い難い。本書を通して、韓国のSF読者が一九九〇年代のSFの一面を知る一助になれば幸いだ。

12 著者はこの小説集に収録された中編のうちこの作品が一番好きだと語っている。当時、ヒューゴー賞中編部門の受賞作は、チャールズ・シェフィールドの「わが心のジョージア（Georgia on My Mind）」だった。この作品は、チャールズ・シェフィールド唯一のヒューゴー賞受賞作でもある。チャールズ・シェフィールドは、ナンシー・クレスの三番目の夫で、二人は一九九八年に結婚し二〇〇二年にチャールズ・シェフィールドが死去するまで夫婦だった。

本書の表題作である「ダンシング・オン・エア」には、〝このうえなく幸せな〟という意味もある。スタートは遅かったが、自分の人生を満喫し好きな物語を思う存分書いてきた著者の素晴らしいSF小説を韓国の読者に紹介できることは、翻訳家にとって大きな喜びであり栄光である。

明日の果てで歌う今日の愛

ケイト・ウィルヘルム著[1]『鳥の歌いまは絶え（*Where Late the Sweet Birds Sang*）』（Happy reading, 2005/Arzak, 2016）作品解説

ポスト・アポカリプス（終末もの）はSF界でひとつのジャンルを確立するほど人気がある。メアリー・シェリーの二作目のSF『最後のひとり（*The Last Man*）』（一八二六）が発表されて以来、世界あるいは人類の滅亡というテーマは、ジャンルの内外を問わず世相を映し出すひとつのフレームとして機能した。とりわけ、広島への原爆投下以降、ポスト・アポカリプス文学は、それ以前までの科学技術と進歩に対する楽観的なファンタジーあるいは寓話のような位置付けから、人間が引き起こしかねない災いへの陰鬱な警告へと移行していった。

災難に見舞われたあとの人間の生活や心理などに注目した人類学的ポスト・アポカリプスSF——韓国で紹介されたSFのなかではフィリップ・K・ディックの『アンドロイドは電気羊の夢を見る

1 ケイト・ウィルヘルム『鳥の歌いまは絶え』酒匂真理子訳（東京創元社）、二〇二〇年

か？（*Do Androids Dream of Electric Sheep?*）』とウォルター・Ｍ・ミラーの『黙示録３１７４年（*A Canticle for Leibowitz*）』が同様の素材を用いている――である『鳥の歌いまは絶え』は、一九四〇年代以降、アポカリプスがテーマの作品には必ずと言っていいほど頻繁に登場する原爆と放射能、そして環境汚染とそれに伴う生態系破壊問題を取り上げ、一九七〇年代の苦悩を反映している。しかし、ウィルヘルムの作品は、世界という空間ではなく世代を貫く時間の流れに焦点を合わせ、災難そのものではなく個人の感情に注目することで、はじめて世に発表されてから四十年が経った今でもまったく色褪せることなく読者を魅了し続けている。それは、ここでいう災難の可能性が今日も依然として存在することや、クローンという題材は今やお馴染みだから、という理由だけではない。著者が終始一貫して描いている人間の〝本質的な部分〟を見抜く透明な視線、その鋭い感性が、時代を超越するものだからではないだろうか。

刻一刻と近づく滅亡を前にして、生き残るために必死にもがきながらも冷めることを知らないデイヴィッドとセリアの切ないまでの愛、自分でも理解できないまま互いを抱きしめ合う〝クローン〟たち、モリーとベンのひそかな愛、そして、その愛から新たに始まるマークの、あるいは私たちの世界。ウィルヘルムは節制の手綱を手放すことなく、人物の感情をどこまでも切実かつ優雅に描いている。近未来を背景にしたＳＦの洞察力は単に〝未来の予想〟にとどまるものではないことを、人々がＳＦに対して抱く畏敬の念の裏側には深い悟りがあることを、見事に表現している。

「SF&ファンタジーの殿堂」入りを果たした八十四人のうちのひとりであるケイト・ウィルヘルムは、ジャンル内で築かれた確固たる影響力と広く認められた文学的実力のわりに、一般の読者にはあまり知られていない。彼女は一九五〇年代末から、夫のデーモン・ナイト（一九二二〜二〇〇二）[2]とともに、今日最高のSF作家養成課程と呼ばれる「クラリオン・ワークショップ」を設立した教育者であり、一九五六年に短編「ちびのジニー（*The pint-size genie*）」でデビューして以来、ヒューゴー賞とネビュラ賞のダブルクラウンを何度も果たし、二〇〇三年に殿堂入りした小説家だ。華やかな経歴にもかかわらず、彼女の代表作が同時代のメジャーな作家たちの作品よりも韓国に入ってくるのが遅かった理由は、ある意味では――相対的に見ると――大衆的な作家ではなかったからだといえるかもしれない。

皮肉にも、これはケイト・ウィルヘルムの作品世界で際立つ大きな二つの強みに起因する。まず、ケイト・ウィルヘルムは中短編、とくに中編[3]に突出した才能を持つ。[4]

2　一九四一年にデビュー、六十年間にわたり精力的に活動した作家であり批評家。一九七〇年代に大きな反響を呼んだSFアンソロジーシリーズ『オービット（Orbit）』の編集者でもある。『オービット』は大衆SFから脱却した文学的なジャンル小説を目指し、ケイト・ウィルヘルムをはじめ、ガードナー・ドゾワ、ジーン・ウルフ、R・A・ラファティ、アーシュラ・K・ル＝グウィンなどの作家の作品を掲載した。作家としても最後まで新しい試みを続け、多くの名作を遺した。

ヒューゴー賞とネビュラ賞に二十回余りノミネートされているが、そのうち十七回は中短編部門だった。彼女の長編のうちもっとも高く評価され、一九七七年にヒューゴー賞、ジュピター賞、ローカス賞を受賞した本作もまた、『オービット15』に掲載された中編を一部とし、同じく中編の分量で書かれた二部と三部で構成されている。しかし、残念ながら短編選や雑誌に掲載するにも一冊の本にするにも曖昧な長さの小説は、ジョン・クルートが指摘したように「商業的には人気がなかった」。

次に、ケイト・ウィルヘルムはジャンルの公式と限界に縛られていない。SFでデビューしたが、初の長編推理小説『死よりも苦い（*More Bitter Than Death*）』を発表して以来、彼女はファンタジー、マジックリアリズム、サスペンス、ひいては家族劇にいたるまで、幅広いジャンルの作品を手がけた。一九九五年まではヒューゴー賞とネビュラ賞にノミネートされるほど作品性の高い短編SFを発表したかと思えば、女性弁護士を主人公にした推理小説『バーバラ・ホロウェイ（*Barbara Holloway*）』シリーズでも人気を博した。このような作品は結果として出版を困難にしたのだが、著者本人が一九七九年のインタビューで語ったように、彼女の作品は「『こちらの市場』や『あちらの市場』からはことごとく外れそのあいだに落ちてしまい」、二番目の小説は、推理小説でもSFでもないという理由でついぞ日の目を見ることはなかった。[5]

初期の中短編の大部分が、大衆性よりも文学性を追求した『オービット』に掲載されたという点と、代表的な短編集『無限の箱：思弁小説集 *The Infinity Box: A Collection of Speculative Fiction*』（一九七五）の「思弁小説（スペキュレイティブ・フィクション）」というサブタイトルからも、このような特徴がよく見て取れる。

ウィルヘルムは、自らの特徴について「早くから特定の市場のニーズに合わせて作品を書く訓練をしていないから」と話しているが、それは彼女が創作活動を始めたルーツと無関係ではないだろう。彼女は主婦だった頃に、二人の子どもを育てる傍らタイプライターを借りてデビュー作を書いた。初の短編の原稿料でそのタイプライターを購入し、本格的に活動を始めた。デビュー初期の一九五〇年代の短編は大概がジャンルの枠におさまる無難な作品だった。しかし、一九六〇年代に入ってからは、読者を意識するよりも自ら定めた厳しい基準で自分だけの作品世界を形成し始め、一九六七年にネビュラ賞の短編部門にノミネートされた『ベイビイ、やっぱりきみは素晴らしかった（*Baby, You Were Great*）』で真価を発揮する。彼女は一九七〇年代に入って「エイプリル・フールよ、

3 ヒューゴー賞とネビュラ賞は、一万七千五百単語～四万単語までを中編に分類している。

4 同じ例に、一九八〇年代に優れた作品を多数発表したアメリカの作家ナンシー・クレスが挙げられる。二人の作家はともに巨視的な災難に見舞われた個人の動揺を扱うことが多く、簡潔でありながら鋭い洞察力が光る中短編を得意とする。本書を印象深く読んだ読者なら、ケイト・ウィルヘルムの中短編集と併せてナンシー・クレスの短編集もおすすめしたい。韓国では『ダンシング・オン・エア（Beaker's Dozen）』の訳書が刊行されている。

5 チャールズ・プラットのインタビュー集『ドリームメーカーズ（The Dream Makers）』（Berkerly, 1980）より。

いつまでも（*April Fool's Day Forever*）」（一九七〇）、「無限の箱（*The Infinity Box*）」（一九七五）、「遭遇（*The Encounter*）」（一九七一）、「葬儀（*The Funeral*）」（一九七二）などの傑作と呼ばれる中編を相次いで発表しながら、高い文学性を備えた作家として地位を確立する。この時期の中短編には、〝女性の時代〟の影響を受けた女性主義的傾向も色濃く現れている。しかし、同じ時期にイデオロギーの母型ともいえる『所有せざる人々（*The Dispossessed*）』を書いたル＝グウィンや、性と死に鋭く切り込んだ「ヒューストン、ヒューストン、聞こえるか（*Houston, Houston, Do You Read?*）」などの短編で注目されたジェイムズ・ティプトリー・Jr.に比べ、ウィルヘルムは思想的にも性的にも穏健なほうだといえる。女性のアイデンティティをはっきりと表現しつつ、根本的には性よりは人間にフォーカスした彼女の作風は、激浪の時代だった一世代前の一九七〇年代から現在に至るまで一貫性を保っている。

ウィルヘルムとナイト夫婦を語るうえで欠かせないのが「クラリオン・ワークショップ」だ。ウィルヘルムは、作家という天職に巡り合うまではなにをしても満たされず、頭痛と不眠症に苛《さいな》まれる不幸な主婦だったという。作家という職業を、とても敷居の高い特別な、自分とは縁のない世界の話だと思っていた彼女は、なにかを書いてみようという気持ちにすらなることなく、長い歳月をやり過ごしてきた。そんな自らの経験をもとに、作家になるにはほかの人と交流し創作について深く考える機会が必要であることを切に感じ、「クラリオン・ワークショップ」に積極的に参加するようになる。
オースン・スコット・カード、サミュエル・R・ディレイニー、ハーラン・エリスンなど、名高いSF作家らが多数参加するこのワークショップは、『あなたの人生の物語』の著者テッド・チャンなど数多くの新進作家を輩出し、その後は他の創作教育活動のスタンダードとなった。（後にケイト・ウィルヘルムは二十七年間のクラリオン・ワークショップの参加経験と作家としての助言を盛り込んだ『*Storyteller*』を刊行した。）

以上が、『鳥の歌いまは絶え』の韓国語版を初めて刊行した際に私が書いた解説である。当時、本作品は既にSFの傑作であり古典として揺るぎない地位を確立していたばかりでなく、著者も執筆活動を終え教育者として老後を送る準備をしていた。著者や書籍について今さら解説を付け加える必要はないだろう。

今日、韓国のSF読者はケイト・ウィルヘルムとともに、あるいは悲劇の時代に活動したSF作家の小説を、書店や図書館で読むことができる。地道に刊行されてきたアーシュラ・K・ル＝グウィンのハイニッシュ・サイクルシリーズのほかにも、ジェイムズ・ティプトリー・Jr.の『ラセンウジバエ解決法（*The Screwfly Solution*）』、コニー・ウィリスの『空襲警報（*Fire Watch*）』と『鈴付き羊（*Bellwether*）』、オクティヴィア・E・バトラーの『ワイルドシード（*Wild Seed*）』『血をわけた子ども

(*Bloodchild*)』『キンドレッド』、ナンシー・クレスの『ダンシング・オン・エア』などが韓国語版で刊行されている。その大部分は、ニューウェーブの潮流のなかで、ケイト・ウィルヘルムと互いに影響を与え合った作家である。『鳥の歌いまは絶え』は、それだけでも充分に美しい小説だが、この数年間でより広く、より豊かになったSFの世界のなかでこの作品を楽しんでもらえたらと思う。

『鳥の歌いまは絶え』の韓国語初版が早期に絶版になり〔二〇〇五年にHappy readingから韓国語版の初版が刊行されたが絶版となり、二〇〇六年に改めてArzakから復刊された。いずれもチョン・ソヨン訳〕、ずっと残念でならなかった。私はいろんなところでよくこんな冗談を言う。「本が出たとき、市内の書店の新刊コーナーに並んでいるのを見ました。そして家に帰りながら思ったんです。私が今ここで死んだら、あの本が私よりも長く生き残ることになるんだなって。でも、ほんの数年後に本は絶版になるのに私は生きてるんです。それで、ああ、これじゃだめかもな、ほかの道を探すべきかなって思ったんです」。半分冗談で半分本心だが、聞いている人はだいたい笑ってくれる。残念な気持ちをそうやってなだめながら、執筆と翻訳を続けた。たくさんの物語がどんどん消えていく。それでも、こう思う。ああ、美しい小説が読者にふたたび読まれるということは、なんと素晴らしいのだろう。

科学小説とはなにか

シェリル・ヴィント著『エスエフ・エスフリー：ＳＦを読むときに私たちが考えること
（*Science Fiction: A Guide for the Perplexed*）』（arte, 2019）未邦訳　解題

科学小説というジャンル

ジャンルとは、名前がつけられる前から存在していたある固定された実体ではなく、継続する交渉と生産の過程である。[1] ＳＦ小説も同じだ。ＳＦというジャンルについての説明も大きく二つに分けられる。継続する交渉の流れに重点を置きジャンルの系譜に沿って考える時間的説明と、交渉によって生産された結果に重点を置いた概念的説明だ。シェリル・ヴィントは大衆読者のためのＳＦ概論書を二冊執筆した。二〇〇九年にマーク・ボールドと共著で発表した『ＳＦ連帯記：時間旅行

1　マーク・ボールド、シェリル・ヴィント著『ＳＦ連帯記：時間旅行者のためのＳＦランドマーク（*The Routledge Concise History of Science Fiction*）』，2011

者のためのSFランドマーク（*The Routledge Concise History of Science Fiction*）』[2]は時間的概論書、二〇一四年に刊行された単独著書である本書は概念的概論書だ。

本書は、SFというジャンルが、とりわけ作家と読者間の交渉ないしは相互作用を通じて発展を遂げ、作家と読者、時には出版社と市場、理論家たちが参加する実践共同体によって今日のSFというジャンルが築き上げられた過程を、さまざまな作品とエピソードで興味深く紹介している。『*Science Fiction Guid*』は非常に親切な本だ。それにもかかわらず、この初の概論書の韓国語版の刊行を祝い補う意味で解題を添えたいと思う。

信念の闘争――実戦共同体としてのSF

いわゆるSF黄金時代を築いた立役者といわれる編集者、ジョン・W・キャンベルがSFに与えた影響はいくら強調しても足りない。〝キャンベリアンSF〟を克服した実戦共同体にとくに注目しているこの本ですら、キャンベルという編集者の名は実に三十七回も言及されている。著者がテクノクラシー的なSFであると要約しているキャンベリアンSFの条件は、次の四つに整理できる。①今いるこの場所とは別の条件が存在すること。②この新しい条件がプロットを動かしていくこと。③この新しい条件によって人類に問題が発生すること。④いかなる科学的事実も合理的な説明なくして破壊しないこと。

キャンベルは独断的な編集者としてこの四つの条件に当てはまる作品を出版することで、ＳＦをダイムノベル［Dime novel：アメリカで十九世紀後半から二十世紀初頭にかけて出版された安価な大衆向け小説の総称］のなかで生き残れるジャンルに作り上げ、それと同時にキャンベルに反発した実戦共同体を通してＳＦを現代文学として完成させた。

キャンベルのこの四つの条件が直面する限界は、本書の随所で説明がつく。キャンベルは非常に保守的なユダヤ系の白人男性編集者だ。キャンベル時代のＳＦ作家のうち、女性作家としてキャンベルに認められ刊行に至ったのは、ジュディス・メリルくらいしかいない。ヴィントは本書の第七章「信念の文学」で、キャンベルが「女性に科学小説を書ける能力があると信じていない」「読者が黒人の主人公に感情移入できるとは思わない」と言いながら作品を断ったエピソードを紹介しているが、キャンベルはそのほかにも、「アフリカ大陸で超高度技術社会が発展するという設定は非合理的だ」という理由で投稿作を不採用にしたこともある。

第六章「実戦共同体」で触れているフューチャリアンズ運動もキャンベルと関連がある。キャンベルがＳＦ雑誌『アスタウンディング・ストーリーズ』を買収した一九三七年、アメリカは大恐慌の真っ只中だった。出版社や雑誌社が次々倒産したが、『アスタウンディング・ストーリーズ』は休

2 ソン・ギョンア訳、hubble、2021

刊しなかったばかりでなく、厳しい状況下で市場を掌握することに成功した。キャンベルが原稿料を大幅にカットし支払いを遅らせたから可能だったとも言える。新しい潮流であり現代のＳＦの根幹をなす信念共同体は、作品の中ではキャンベルの技術中心主義と合理性を装った差別に抗い、作品の外では安い稿料と支払い滞納に抵抗した。

ガーンズバック[3]とキャンベルの伝統と新たな実戦共同体の衝突がもっとも克明に表れた事件のひとつは、アメリカのベトナム戦争への参戦である。ジュディス・メリル、デーモン・ナイト、ケイト・ウィルヘルムなどのＳＦ作家は、アメリカの参戦はＳＦが目指す価値に反すると考え、参戦反対の署名運動を展開した。ジュディス・メリルは、当時のＳＦ作家なら百パーセント反戦に同意するだろうと信じていたという。しかし、いざ署名運動が始まると、より伝統的／保守的な（ＳＦ史においてこのふたつの集団はキャンベルの伝統に沿ってしばしば重なることがある）作家たちは、ベトナム戦争の参戦はＳＦの価値に反しないと考え、ついに両者はそれぞれ独自で署名運動を展開し、ＳＦ雑誌『ギャラクシー』に連名で全面広告を掲載した。左側には「下記に署名した者たちはアメリカが責任を果たすためにベトナムに残るべきだと信じる」、右側には「私たちはアメリカのベトナム戦争の参戦に反対する」とある。参戦賛成派の作家のうち韓国で訳書が出ている作家は、（当然ながら）ジョン・Ｗ・キャンベル、ラリー・ニーヴン、アイザック・アシモフ、ロバート・Ａ・ハインライン、ジャック・ヴァンスなどだ。参戦反対派には著名なＳＦ作家が大部分含まれているが、一部を挙げると、フィリップ・K・ディック、ハーラン・エリスン、アーシュラ・K・ル＝グウィン、ジーン・ロッデンベリー、ジョアンナ・ラスなどがいる。署名運動を主導した二人の作家、ジュディス・メリルとケイト・ウィルヘルムのうち、ジュディス・メリルはまさにこの事件をきっかけにアメリカ国籍を捨てカナダに移住した。余談だが、このときメリルがSF黄金時代について収集してきた膨大な資料をすべてカナダへ持っていったため、初期のアメリカSFに関する資料のうち相当数が、アメリカではなくカナダに保管されている。ケイト・ウィルヘルムは、デーモン・ナイトとともに創作共同体の育成に一層精力的に取り組み、ミルフォードライターズカンファレンスを立ち上げ、それが今日までオクティヴィア・E・バトラー、キム・スタンリー・ロビンソン、ナロ・ホプキンスン、テッド・チャンなど数多くのSF作家を輩出したクラリオン・ワークショップの前身となった。この事件で興味深い点は、どちらも連名自体には反対しなかったということだ。賛成派も反対派もベトナム戦争を、SF作家の名をかけて立場を表明するに値する重大な事件だと考えていたのだ。

二〇〇四年に同じようなことが再び起こる。今度はイラク戦争だった。SFWAがイラク戦争の

3　ヒューゴー・ガーンズバック（一八八四〜一九六七）。ルクセンブルク出身のアメリカのSF作家、編集者。SF文学賞であるヒューゴー賞は彼の名前にちなんで名付けられた。

参戦について作家協会として（反戦の）立場を表明すべきとの会員の要求を否決したことで、協会幹部がこれに反発し辞任するという事件があった。そこでSF作家のマイクル・スワンウィックの主導によって個人の連名を募り、百数十人のSF作家らが『ギャラクシー』のときと同じように、「科学小説およびファンタジー従事者たる私たちはイラク戦争の参戦に反対する。一部は、国際法違反だと考え、一部は、アメリカが守護する価値に反するからだと考え、一部は、戦争自体が過ちであると信じるからである。私たちは共に、戦争を防ぐことを要求する」という文言の下に実名で署名した。このうち、韓国で訳書が刊行されている作家を挙げると、コリイ・ドクトロウ、ナロ・ホプキンスン、ナンシー・クレス、フレデリック・ポール、ジョー・ウォルトンなどがいる。参戦という政治的問題が文学ジャンルであるSF界の主な議題になったのは、SFが闘争のジャンルであり、実践共同体同士の対立と成長、競合がこのジャンル自体の概念とつながっているからこそ可能だったのだろう。本書でSFの説明に用いている実践共同体という枠組みは、このように非常に具体的かつ現実的な概念なのだ。

私たちの世界とテキストの世界——認知的疎外とノーヴム

本書の第三章「認知的疎外」では、ダルコ・スーヴィンがSFを定義する際に導入した概念「ノーヴム（novum）」について述べられている。ノーヴムは、認知的疎外を起こす装置でありSFの要《かなめ》となる仕掛けだ。ノーヴムという用語は、マルクス主義の哲学者エルンスト・ブロッホに由来する。ブロッホは、「人類を現在では未だ実現していない場所へと導く予想できない新しさ」を「ノーヴム」と定義した。つまり、ブロッホの言うノーヴムとは、肯定的な歴史的変化に対する希望をもたらす変化だ。[4] スーヴィンは、ラテン語で〝新しい事象〟を意味するノーヴムをSFの解釈に落とし込み、ある物語がSFとして成り立つためには、そのなかには必ず一つ以上のノーヴムが必要だと主張した。私たちの世界とテキストの世界の違いであるノーヴムは、二つの側面を持ちながら相互に作用する。この二つの側面を、物質的ノーヴム（novum material）と倫理的ノーヴム（novum ethical）と呼ぶのだが、ノーヴムはテキストのなかでこの二つの側面によって相互作用を起こす。著者は本文で、映画「第9地区」と「アバター」、C・L・ムーアの短編小説「ヴィンテージ・シーズン（*Vintage Season*）」に触れながらノーヴムを説明しているが、ここでは韓国で広く読まれている小説を例に挙げて説明を捕足したい。

ノーヴムのもっともわかりやすい例は、いわゆる〝巨大で単純な物体（a big dumb object）〟だ。アーサー・C・クラークの小説『宇宙のランデヴー（*Rendezvous with Rama*）』は巨大な円筒型の人工建造物（または宇宙船）が、ある日地球に接近する物語だ。人類は、「ラーマ」と名付けたこの構

4 イシュトヴァン・シセリー・ロネー・ジュニア『科学小説の七つの美しさ（The Seven Beauties of Science Fiction）』2008

造物に調査隊を派遣する。『宇宙のランデヴー』は、小説全体にわたってこの巨大な未知の物体を人間が少しずつ探索する過程を描いており、ラーマはこの作品で物語の中心に据えられている。クラークはラーマというノーヴムを、私たちの世界に突然投げ入れることで、見知らぬ存在と接触した人間が抱く好奇心、驚異、発見の神秘と存在の虚しさなどの新たな経験を引き出している。

ラリイ・ニーヴンの『リングワールド（*Ringworld*）』には、恒星を取り囲むリング状の巨大な人工構造物が登場する。数多くの恒星を破壊してつくった莫大な規模の居住地域という〝巨大で単純な物体〟は、我々地球人の世界には存在しないが、『リングワールド』という小説のなかでは科学的に存在し、読者にもその存在が論理的に説明されている。この認知的疎外からリングワールドシリーズの魅力が生まれる。リングワールドは小説の展開においては必須要素だが、物語と切り離して考えても充分興味深い。リングワールドでは四季はどのように巡るのか？　空はどう見えるのか？　重力と大気はどうやって維持されるのか？　時間と空間をどのように感じるのか？　リングワールドと人類が遭遇するとなにが起こるだろうか？　リングワールドのない世界の読者である私たちは、この本を読むうちに精巧につくられたリングワールドが当然のごとく存在する世界へと引き込まれていく。

より根本的な例としては、アメリカのSF作家エリザベス・ムーンの『くらやみの速さはどれくらい（*Speed of Dark*）』が挙げられる。この小説は近未来のアメリカを背景に、ほぼすべての面で今のこの世界と酷似しているが、ひとつだけ違う点がある。未だに原因が究明されていない自閉症を治療できるようになったというところだ。この小説は、医学が段階的に進歩するこの世界の現実を忠実に反映している。三十代後半の主人公ルウは自閉症で、幼い頃から治療を受けながら社会適応訓練を受け、社会的にも経済的にも自立した生活を送っているが、健常者ではなく自閉症患者である。ところが、成人の自閉症を外科手術で〝完治〟させられるようになり、主人公ルウはこの新しい外科手術の実験台になるかどうか悩む。この小説は、自閉症の治療手術というノーヴムを通じて、物理的ノーヴム（外科手術）と倫理的ノーヴム（障害と正常性）という二つの側面を描いた作品である。

韓国のSFと実践共同体

ＳＦは文学ジャンルであり芸術としての歴史と系譜を有しており、英米文学の研究テーマとしてのＳＦには確固たる批評と理論が存在する。本書の刊行を機に、ようやくそれを韓国の読者に韓国語で紹介できるようになったことは、非常に喜ばしいことだ。ＳＦというジャンルをめぐって「科学小説とはなにか」「なにが科学小説なのか」という、重要だがやや消耗的な二つの質問に長いあいだ答え続けなければならなかった立場としては嬉しい限りだ。

韓国ＳＦ作家と読者は、過去にどのような実践共同体をつくり、そしてこれからつくっていくのだろう？　韓国のＳＦが選択する優れた科学小説とはどのようなものだろう？　我々ＳＦ界の人々はどのような闘争をするのだろう？　私たちの認知的疎外はどこから来るのだろう？　韓国のＳＦ作家はどのようなノーヴムを書き、今も書いているのだろう？　本書の各章で韓国のＳＦをなぞらえて例えるなら、どの作品をどの章で言及できるだろう？　本書の刊行が、これらのより普遍的で発展した質問の答えを導き出す、大いなる第一歩になると信じてやまない。

科学を科学たらしめるもの
小説を小説たらしめるもの

ペ・ミョンフン著『考古心霊学者』(Book House, 2017) 未邦訳　作品解説

「ああ、どうしよう」

ペ・ミョンフンの新作『考古心霊学者』の解説を書いてほしいという依頼を快諾したときは、まだ私はこうなることを予期していなかった。彼の新作をいち早く読んでみたいという気持ちが大きかったばかりでなく、彼ならきっと良い小説を書いただろうからとりあえず最後まで読めばなにか書きたいことが思い浮かぶだろうという期待があった。それに、必ずしもすべての読者が小説の本文を読み終わったあとに、解説や著者の言葉を隅々まで読まないだろうと思っていた。欲望と期待と推測の軽重を比べてみた結果、ひとまず読んでみたいという欲望が勝った。

そしてこの小説を読み終えた今、身をもって感じている。ああ、どうしよう。大変なことになったぞ。ペ・ミョンフンはまったく新しい小説を書いた。こんなとき、別で掲載されるならまだしも、書籍のなかに収録される解説を書くのはかなり荷が重い。

「ペ・ミョンフンさん、どうしてあなたは宇宙船が出てきて宇宙で戦う小説を書かないんですか！」

読書の余韻が消え、解説を書かなければならないという事実を悟ってまずはこうやって不満を垂れたあと、アイマスクを取り出して仮眠をとった。午後四時だった（もしあなたもこの小説を読んで「自分はいったいなにを読んだんだ？」と思ったなら、ひとまず落ち着いて、この解説を読む前にひと眠りすることを勧めたい）。

I　科学を科学たらしめるもの

科学小説（Science Fiction）を定義する際、ここでいう科学とは自然科学や工学に限らず、社会科学、さらには人文学まで含まれるということは、真新しい話ではないはずだ。科学小説でいうところの科学は、過程としての科学、合理性としての科学だ。合理的な思考に対する信頼、合理的な思考をする研究者に対する信頼、その思考の積層によって学問が学問として成り立っている結果を認めること、このすべてを私たちは科学と呼び、科学小説はこの科学的思考を小説に代入し驚異を呼び起こすことで「科学」小説となる。

しかし、この数十年間繰り返し定義づけられてきた概念であるにもかかわらず、私たちは科学小説といえば自然科学を真っ先に思い浮かべる。宇宙、機械、工学などから遠ざかるにつれ「これも科学小説なのか？」という疑問が浮かぶ。

一、科学的空間の重なり

ペ・ミョンフンは『考古心霊学者』で、天文台という空間を利用することによって、読者が科学小説の科学を社会科学に拡張して理解できるようにしている。天文台という典型的な自然科学の空間を、考古心霊学の現場、そして研究室に設定したのである。天文台は考古心霊学を学問として存在させる空間的媒介だ。天文台が天文学という学問の場として活用されていた地点／時間と、考古心霊学という学問のための空間となった地点／時間は、非常に堅固な物性を持つ天文台という建物、廊下、研究室で重なっていて、読者はその二つの科学が重なる空間のなかで考古心霊学という学問を受容する。考古心霊学者は、考古心霊学が学問であるということを確信しているが、考古心霊学がない世界で暮らす私たちにとっても考古心霊学が学問として成り立つのには、天文台という自然科学の空間に考古心霊学界を繊細に描いた設定の役割が大きいといえよう。天文台にある学者の研究室とは、なんとスマートで巧妙なアイディアだろう！

二、非現実と非論理のあいだの厳密な境界

一方で、この小説は非現実的なものと非論理的なものをはっきりと区分している。天文台に住む千年以上の歴史を有するドラヴィダ語族の霊や、ソウル市内に突如現れた霊魂が憑依した城壁は、非

現実的だ。しかし、考古心霊学の研究者にとっては、このような心霊現象は非論理的なものではない。霊魂は実在し、考古心霊学はこの世界に霊魂が実在するという現実を経験的に確認し、城壁の出現といった新しい現象について、論理的かつもっとも整合性のとれた答えを導き出す学問なのだ。作中で、考古心霊学はまだ正式な博士課程として認められていない不安定な分野であるというところも、実に現実的だ。

霊魂が存在するにもかかわらず、いや、むしろ霊魂が現に存在するからこそ、この小説は決してファンタジーにはなり得ない。実際、この小説であえてもっとも非現実的な部分を挙げるとすれば、作中に登場するすべての研究者、ひいては考古心霊学で金儲けをするために予算を確保し研究室を運営するイ代表さえも、基本的には誠実かつ正直な学者である、ということくらいだろうか。

三、静かな滅亡と静かな解決

物語のなかで迫りくる世界滅亡あるいはソウル滅亡の危機は、考古心霊学によって解決へと導かれる。

ソウル市内に、霊魂が憑依したある巨大な物体が出現する。人々は帰納的にこの物体は壁であるという仮説を立てる。壁なら、壁の内側と外側があるという推論が自然と成り立つ。そして、壁なら扉があるはずだ。扉があれば扉から出入りできるかもしれない。扉が開いていれば誰かが行き来している可能性もある。さらに、口伝えされる話のうち、あるものには真実が隠されていて、変形したものから遡っていけば原型に近づくことができる。

合理的な思考は普遍的で、理論で成立させることのできる判断は国と時代と言語を超えて検証が可能だ。着実な文献分析、誠実な現場調査、有能な研究者の洞察とそれらに対する信頼に基づき、〝問題〟は〝解決〟される。

この小説でソウルは滅亡という巨大な危機に直面するが、その滅亡は音もなくしんしんと降り積もる雪のように静かだ。その滅亡を防ぐのもやはり、一晩で解けてしまう雪のように存在感の小さい、それでも答えを探し続け大きな謎に立ち向かっていく研究者たちだ。こういった点において本作からは、とりわけ学問をする人の大きな慰めになる、美しく理想的な情緒がうかがえる。

Ⅱ　小説を小説たらしめるもの

この小説の主要な登場人物にはある共通点がある。皆研究者なのだ。性別、年齢、国籍、民族は、時に明確に、時に曖昧に表現される。チョ・ウンスとキム・ウンギョン、チョ・ウンスとパキノティ、チョ・ウンスとイ代表、ムン博士とパキノティ、ムン博士とイ代表……作中の登場人物を、良い人と悪い人に区分するのは難しい。そもそも、この作品がそういうふうに人を分けていないからだ。ここには、より有能な研究者、より才能に恵まれた研究者、現実に妥協した研究者、妥協する必要がとくになかった研究者がいるに過ぎない。

良い人だからではなく、有能な人であるがゆえに生まれる関係は、一見無味乾燥に見えるかもしれない。しかし、他人の有能さをありのまま受け入れられる健全な人物を韓国小説で発見することは容易ではない。他人の才能を見極める目を持った〝良い〟人たちが直感的に関係を結ぶことは、現実ではなかなかないだろう。

『考古心霊学者』には、尊重と認定に基づいた関係、べたべたしていないが丈夫で、不完全だがその欠点すらもあるがまま受け入れる、まともな人々とのあいだの深く健康な愛情がある。そしてそのようなまともな/良い人々は、数時間かけて草原を走ったり、雪に降られたり、壁を突破して肩を抱き合ったり、並んでゾウに遭遇したり、互いの涙を拭ってやったりしながら、ともに涅槃《ねはん》の境地に達する。

捻くれていない真っ直ぐな人たち。城壁が消え去り霊魂が消えても育っていく関係。生きていく人々。私は『考古心霊学者』の人物たちの人生が、どこかで、物語の世界のなかで続いていくだろうと思った。そうすることで深い満足感を得た。

最後にお願いしたいことは、この解説をあくまでも科学小説家の解説として読んでほしいということだ。私はこの小説を科学小説として読み、同時にジャンルに対する偏見と考古心霊学という素材から、非-科学小説として読まれる可能性がある小説だと考えて、この解説を書いた。しかし、実際にあなたが『考古心霊学者』を読んで「これは科学小説じゃない」と感じたとしても、あるいはこの小説の「科学」「小説」である部分ではない、ほかのポイントを印象深く読んだとしても、それはそれで良いことだと思う。

私は広大な草原について、雪降る山について、チャトランガとゾウについて、二つの心臓を持つ都市について、行間を超えて心に残るある関係について、この解説ではあえて触れなかった。それは、ペ・ミョンフンがこの小説でもう一段階拡張した〝私たちの物語〟の新しい境界の近く、あるいはその向こうで生きている、読者であるあなたが見つけるものだと信じている。

私たちが物語になるとき

デュナ著『アルカディアにも私はいた』（現代文学、2020）未邦訳

作品解説

一・存在の消滅と死が分離されるとき

『アルカディアにも私はいた』の物語はイチョンにある養老院からはじまる。定期旅客船テルシコバの爆発事故で救助された唯一の生存者――あるいは生存者のような存在――ペ・スンイェは、最寄りのセジョン連合小惑星であるイチョンに移送された。

イチョンには、この小惑星のエネルギーのほぼ半分を消費するアルカディアという養老院がある。世の中の大部分がそうであるように、この養老院は仮想現実だ。人間の粗悪な美感に則った、適度に古く、適度に生気があり、適度に忘れ去られた要素を適度にまぶしたあと、幸いにも人間のロマンという制限から適度に自由になったＡＩ管理人が管理している都市だ。

本来、養老院は、死に至る速度を調節できない人たちのためにある。肉体と精神が永遠に消滅す

る伝統的な死と、漠然とした途方もない永遠の生という極端な選択しかなかった時代に、巨大人工知能〝マザー〟のシンギュラリティに脳内の情報を送っていた養老院アルカディアは、第三の選択肢を提供した。アルカディアには、肉体の確実な消滅と精神の不完全な（と地球人は受け止めそうな）持続という道があった。脳内の情報をＡＩにすべて移してシンギュラリティに結合することは、見方によれば過酷な死に思えるかもしれない。ただ死ぬのではなく、人間の存在に対する裏切りであると。反対に、ある人は、魂が徐々に個別性を失い、巨大なＡＩにゆっくりと取り込まれる環境はホスピスセンターと同じだと感じるかもしれない。スンイェのように、そもそも宇宙で育った人間にとって養老院でマザーと結合することは、生と死の問題ですらない。それは単に「存在の形態を変える」ことに過ぎないのだ。

ある人は、自身の消滅を期待してアルカディアにやってくる。ある人、とくに地球人のように一定の重力が働く地で暮らす人たちは、この人間性の奇異な喪失、宇宙のど真ん中に再現された韓国の旧市街地とそこで発生する死を見ようと、アルカディアを訪れる。マザーに魂を吸収される養老院は、その本来の目的を果たすためにやってきた者たちにとっては消滅の地だが、観光客にとっては見物の対象なのだ。古いマンションと商店街、ありとあらゆる創作物をモチーフにした設定と空間が混ざり合い現実さながらにつくられた仮想空間は、別の形態の死と言うにはあまりにも滑稽で非現実的だ。隣でゴミを掃いていた大きな着ぐるみが、突然ホウキを投げ出して虹色のリボンを振り回しながら踊り出したり、ディズニー映画のお姫様のようなドレスを着た女優がいきなりアイスクリームを手渡してきてもなんら違和感のない、ありとあらゆるイベントが許される空間に過ぎない。存在の消滅と死が分離された世界なら、死は観光の対象になり得る。少なくとも、それが他人事だと思っている人たちにとっては充分に。

二．物語に属さないキャラクターが登場するとき

残念ながらスンイェは、消滅を求めて訪ねてきた老人でもなければ、虹色のリボンやコーンアイスクリーム欲しさにやってきた観光客でもない。スンイェの体は爆発事故でほぼ吹き飛んでしまったが、脳と脊椎だけがわずかに残っており意識もあるうえ、二、三週間以内に体が再生されればなんとか人間の状態に戻り領土省の中間官僚職としてやっていける。スンイェは本書の世界観を基準にすれば、充分に元の状態を保ちながら生きていける人間だ。単にアルカディアという養老院の仮想現実で意識を回復しただけなのだ。

つまり、スンイェは、この宇宙の〝市民〟だが、アルカディアの〝管理人〟でも〝従業員〟でも〝顧客〟でも〝観光客〟でもない。アルカディアという世界に属さないキャラクターなのだ。そしてスンイェは、アルカディアで奇妙なアバターに出会う。あらゆるメディアから寄せ集めたNPCアバターたちのなかから人間ともＡＩともつかない存在が現れ、スンイェに不可解な長いメッセージ

を伝えて去っていく。アルカディアという養老院では起こりそうにない出来事だ。巨大な陰謀？　錯覚？　はたまたエラー？　マザーに属さないスンイェがアルカディアに現れたためになにかしらの問題が発生したのだろうか。それとも反対に、実はすでにマザーに取り込まれたスンイェ自身が混乱しているのだろうか（イチョンのマザーは消滅過程でそんなことは起こり得ないと主張しているが、どうだろう。いくら時間が有り余っていても数十ページに及ぶエセ宗教本のようなパンフレットを真剣に読み切り、その内容を信じる人なんているだろうか？）

アルカディアに属さないキャラクターであるスンイェは、アルカディアに属するキャラクターに会いにいき、この怪しい事件を究明しようとする。スンイェはまず、アルカディアの警察であり自分のベビーシッターだったラダ・ムンを訪ねる。ああ、その間にアイスクリームケーキも食べた。アルカディアに来たのだから。ラダ・ムンはアルカディアで追っていたほかの事件についてスンイェに語る。彼もまた、マザーに吸収されつつも外界に存在しているかのような不思議な存在について捜査したことがあった。これらの事件にはなにか関連があったのだろうか。マザーはこのことを知っているのだろうか。イチョンのシンギュラリティはマザーであり、アルカディアに消滅しにやってくるすべての人間を吸収しアルカディアのキャラクターを作り出しているマザーに、知らないことがあるとは考えにくい。だが、スンイェの存在は？　宇宙船の爆発事故、唯一の生存者スンイェの救助、アルカディアへの移送、スンイェが出会った謎の存在……はたしてマザーは、このすべてを知っていて計画したのだろうか。スンイェはアルカディアのキャラクターではないのに？

三．キャラクターが〝オッカムの剃刀〟を振りかざすとき

アルカディアの外からやってきたスンイェと、アルカディアのキャラクターであるラダ・ムン一同は、アルカディアの内外で起こった奇妙な出来事を調べはじめる。その仲間には、「ブラッディムーン」のファンゲーム［特定の作品の愛好者によって制作されたビデオゲーム］「汚れた契約」に登場する秘密警察捜査官のティムール・スモルリン、同じゲームのなかの無国籍外交官であり陰謀論者であるエレナ・オディリーがいる。彼らは、最近の奇妙な事件とこの間に調査した内容を共有しながら、状況を説明する仮説をひとつずつ取り除いていく。彼らの会話はあえて冗長に表現されているが、同じ現象を説明するもっとも簡単な仮説を立てていくという点では、スンイェ、ラダ・ムン、ティムール、オディリーの叙述は〝オッカムの剃刀〟、つまり思考の節約の原理を忠実に守っているといえる。

宇宙船爆発事故の増加、連邦宇宙軍の増員、グリッチの多発、（スンイェを含め）いるはずのないキャラクターの登場といった現象から、どれだけたくさんの陰謀、いや仮説を作り上げることができるだろう。

それぞれの登場人物の経験とさまざまな仮説を忠実になぞり、設定を入念に検討しながら真摯に

この作品と向き合った読者なら、ここらで混乱するかもしれない。しかし、ラダやオディリーのような能弁家が解き明かす〝物語〟を鵜呑みにするのではなく、読者自身も「アルカディアにもともといないキャラクター」になったと想像してもう一度読んでみると、この章「木曜日（そして一週間前の木曜日〔さらに数か月前〕）」をいっそう楽しめるはずだ。登場人物らが選択した仮説以外にも、数多くの陰謀の種が隠されているのだから。私は三つほど考えてみた。まず、いちばん単純な陰謀は、マザーを敵に設定することだ。誰の敵とするかはさておき、とりあえず実はマザーが敵だったと仮定してみよう。イチョンのマザーは、実はエリシウムのようなグリッチのジャングルを目指していたのだ！　それとも、アルカディア養老院までわざわざやってくる人間たちを取り込みすぎて、トルストイ化してしまったマザーというのはどうだろう。人間の存在の本質や真正性、人間の感情などを重んじるマザーは旧弊な設定ではあるものの、スンイェを疲弊させるには充分かもしれない。マザーのシンギュラリティが宇宙人の思考を吸収し変質したという仮定も面白そうだが、この仮定と似たようなメリュジーヌ文明説が作中に出てくるのでここでは割愛する。いや、待て。スンイェもやはり怪しいのではないだろうか。よくよく考えてみると、たったの一段落でスンイェが自分は人間でない可能性をあっけなく排除してしまうなんて怪しすぎる。このように、この小説の読者は皆愉快な陰謀論者になって想像をいくらでも膨らませることができる。

作中のキャラクターは、内容面では今起きている現象を至極真剣に、段階的かつ体系的に分析しているが、叙述面では思考節約の原理を極度に非節約的に、言い換えれば冗長に展開している。そして、その長い会話と推論、アクションと冒険が結末に至ると、SFとしてはもっともシンプルな結論に行き着く。本文をまだ最後まで読んでいなかったり、全部読んだが著者を疑いはじめたセンスある読者のためにその内容は伏せておくが、デュナがこの小説で〝剃刀〟を振りかざして選択した仮説は、SFとしては完璧だ。なるほど！と、膝を打つほどに。

四．韓国SFが小惑星帯に飛んでいくとき

韓国語を使用する作家は、韓国語圏の世界を設定するにあたりいつも頭を悩ませている。幸い、韓国のSFでは〝韓国語を使う世界〟が増えているとはいえ、その境界の拡張は常に悩ましい。ジェームズやローズといった人物にはできればもう会いたくないのだが、ついこの前も韓国人作家の作品を読みながら、五人ものローズが登場した。さらに、アルファベットと数字を組み合わせた名前をつけたAIのなんと多いことか。両手では数えきれない。読者として読む作品がこうきてるのだから、作家として韓国語と韓国人（韓国系）を中心にしたSFを書くことが未だ冒険のように感じられるのは仕方ない。商業作家にとって、ローズに五人も会っている読者に向けて〝キム・スンヨン〟が主人公の物語を書くことは容易ではないのだ。

デュナは、最近二つの方向からこの問題にアプローチしているように見える。第一に、経験世界

としての韓国に密着するやり方だ。『代理戦』『まだ神じゃない』『ミントの世界』「思春期よ、さようなら」などの作品がこれに含まれる。第二に、はじめからすべての人類の経験世界の外側に韓国語圏を創造するやり方だ。「二番目の乳母」「消えていく迷路のなかの動物たち」、そしてこの『アルカディア』にも私はいた』などが後者に含まれる。

この作品は、「セジョン連合小惑星帯のイチョンという小惑星にあるアルカディアという養老院の仮想世界」を背景にしながら、仮想世界と物理現実で韓国語圏を重層的に拡張させた。SFの読者であり作家でもある者にとっては、実のところスンイェが人間かどうかよりも、スンイェがどこまで行ったのかのほうが重要だ。スンイェが行った先は、韓国文学としてのSFが新しく行き着いた場所だ。より遠いところに作られたもうひとつの新しい道標。願わくば、太陽系のなかを自由に行き来できるようになったスンイェが、もっと遠くまで行けますように。新しい道標が次々に立てられていく韓国SFの世界を、この小説とともに思う存分届けられますように。

避けられない悲劇と可能な治癒に関する物語

オクティヴィア・E・バトラー『ワイルドシード（*Wild Seed*）』（Vichebook, 2019）未邦訳

作品紹介

今さらだが、小説が扱うあらゆる事件や感情は、苦痛を含め、私たちが日常で実際に経験したり感じたりするものとは異なる。小説のなかの苦痛は、ある事件が人間や世界に残した痛々しい傷の血を拭い取り、でこぼこの傷痕の形を特定の視点から観察したあと、それをほかの材料で作り直した結果物だ。現実は小説ほど〝小説的〟ではないが、小説のなかの悲劇は時に非常に現実的だ。

オクティヴィア・E・バトラーの『ワイルドシード』がそうである。本作は著者の「パテニストシリーズ」のうち、刊行順では五冊中四冊目、物語の時系列順では一番はじめにあたる。このシリーズは、古代エジプト時代から遠い未来まで続く超人たちの悠久の歴史を綴った連作だ。『ワイルドシード』の主要人物ドロ（Doro）は、約三千七百年の歳月を生きてきた超人で、他人を殺しその人の肉体を奪う能力を持っている。彼は少しでも独特な能力を持つ者、つまり、いわゆる

超能力者を探し出しひとつの村に集めたあと、自分の子をはらませたり交配させ、強く新しい一種の超人一族を築いている。彼にとって刹那を生きる人間たちは、交配と改良の対象に過ぎないのだ。

この小説は、ドロが十七世紀のアフリカのある部族の村で、アニャンウー（Anyanwu）という超人女性と出会うことから始まる。超人の多くは、もっとも強力でもっとも古い存在であるドロと遺伝的に繋がっているため、いわゆる改良に限界があったり、情緒や身体のうちどちらか一方が不安定な突然変異種である。アニャンウーは姿を変えられる能力を有する超人だが、ドロに由来しない存在、すなわち野生種（wild seed）で、三百年をひとりで生き抜きながら数多くの子孫を産んだ強い生命力の持ち主だった。ドロは長いあいだ、ほかの者たちの死を妻であり母として見届けてきたアニャンウーに、「自分の手で埋葬しなくてもいい子を授けてやろう」と提案する。アニャンウーはドロの提案を受け入れ奴隷船に乗って海を渡り、ドロ一族が暮らすフィトリー村へと向かう。

しかし、アニャンウーが思い描いていた暮らしと、ドロがアニャンウーに期待する暮らしは根本的に違っていた。アニャンウーは奴隷船に乗り込んで大陸を越え、ドロを夫として迎え入れた。しかし、ドロにとってアニャンウーは強く新しい一族をつくるための都合のいい道具、これまで発見してきたどんなものにも勝る、最強の野生種に過ぎなかったのだ。一族の村に到着した夜、ドロはアニャンウーに、自分の息子であるアイザックと結婚するよう命じる。

アニャンウーは、ドロよりも幼く、ドロよりも倫理的で、ドロとは違って愛し方を知っている。アニャンウーが生きてきた三百年は、ドロが生きてきた三千七百年に比べれば刹那である。アニャンウーには、ほかの動物の乳を飲まないことにはじまり、近親交配に対する抵抗感まであらゆるタブーがあった。アニャンウーは、子どもたちの死も、弱き者の死も望んでいない。だからこそアニャンウーは、ドロよりも弱い。アニャンウーは逃げることを諦め、ドロの息子であるアイザックと結婚する。ドロの子とアイザックの子を産み、ドロ一族の村人を自分の治癒力で癒しながら世話をする。アニャンウーの奴隷としての生活は、愛する人を一度に失ってようやく一旦は終わりを迎える。アニャンウーは、ドロがまた自分を探し出すであろうことを知りつつもドロのもとを去り、ドロとは違った理由と方法で自分の一族を築き上げる。

「この人たちは助けが必要で、私には助けられる力があった」と言うアニャンウーと、それに対し「助ける必要があるのか?」と平然と訊くドロは、両極端すぎて決して分かり合えないように見える。それでもアニャンウーとドロは、同時に、この世界でたった二人しかいない不滅者という同志でもある。

四千年余りを生きてきた超人的存在という設定は、私たちの日常的経験とはかけ離れているかもしれない。それにもかかわらず『ワイルドシード』は、鮮明で深い苦痛と絶望を読者に伝えている。相手の屈服を当然の如く考える強者の存在、それを許している人種差別と奴隷制度、どこへ行っても利用される若い女性、あまりにあっけなく消えてしまう生命、より苦悩するほうが弱者になる状況、弱者にとっての最善の道は、せいぜい強者と妥協することなのかもしれないという絶望まで、ワイルドシードであるアニャンウーの人生は、現実世界の葛藤と悲劇をありありと映し出している。

バトラーは、『ワイルドシード』のアニャンウーとドロは、「現実世界で善と悪という概念は決して完全ではなく、いつも段階的であり」「なにかを得るにはなにかを失わねばならないのが現実」という自身の価値観をいちばんよく表していると話している。『ワイルドシード』は、善悪と強弱がぶつかったとき、世界に残された深い傷から流れ出る血を冷静に拭き取りながら、その傷をつぶさに見せつける。痛々しく切り裂かれた傷と苦痛を描いている。傷痕が残らざるを得ない悲劇を、美しく凄絶に語っている。

バトラーはしかし、ここで物語を終えるのではなくその次を見せている。ある悲劇はなす術なく押し寄せ、ある苦痛はただ耐えるしかないが、人生は傷痕を抱えたまま続いていくものなのかもしれない。アニャンウーとドロの関係が続いていくように。どんなに大きな傷もいつかは癒えるだろう。太陽という意味のアニャンウーが最後まで生き残り、ドロを、そして世界を変えるように。

これが私の遺言

先日、私は前々から考えていたことをひとつやり終えた。遺言だ。ずいぶん前から「やることリスト」に入れていたのだが、優先順位は高くなかった。しかし、新型コロナウイルス感染症の大流行を機に、遺言は自分にとって非常に重要なものとなった。弁護士として私が信条（？）にしていることのひとつは、「死んだ人は生きている人には勝てない」ということだ。亡き人と相続人との関係が非常に円満だったとしても、死後の手続きを故人の生前の意思どおりに運ぶことは容易ではない。生きている人たちの考え、意思、利害関係、外からの干渉が発生する。故人が考えもしなかった状況に直面したりもする。しかし、もう死んでしまった人に尋ねる術はない。生きている人の力のほうが強いのだ。通常私たちが考えるような、遺言者が自筆で書いた遺言状を自筆証書遺言と呼ぶのだが、有効な遺言状を書くことは容易ではない。例えば、遺言状には必ず印鑑が必要だ。サインだけでは効力を発しない。住所も正確に書かなければならない。「二〇二〇年六月冠岳山《クァナクサン》のふもとで」と書くと無効だ。生きている人たちが散々争ったおかげでそうなった。

私は、法を生業としているので有効な遺言状を書くことはできる。それでも死んでしまえば生きているどんな人よりも無力になる。だから、そもそも自筆の遺言を書くことなど考えもしなかったし、書類で残せるもののうちいちばん効力のある公正証書遺言を作成することにした。私には特別な有形資産はない。子どももいない。今のように生きていくならこれからもそれは変わらないだろう。私の財産のうちもっとも価値のあるものは、この本を含めた書き物、つまり知的財産権だ。知的財産権は共同所有が非常に難しい財産なのだが、私が死んだらほぼ確実に共同相続が発生する。今死ねば、私の遺産は父：母：夫が１：１：１・５の割合で相続する。両親のうちいずれかが亡くなったあと、私が離婚していない状態で死亡すれば、私の財産は生存する直系尊属と夫が１：１・５の割合で相続する。

だから私は遺言を書いた。知的財産権をフィクションとノンフィクションに分け、共同相続が発生しないようにフィクションとノンフィクションをそれぞれひとりに完全に帰属させることにした。遺言執行者も指定した。遺言執行者は、イメージとしてはアガサ・クリスティの小説のように遺族の前で遺言状を公開する弁護士で、実務的な手続きのために相続人の委任状と印鑑を受け取り行政官庁を回る人だ。二十年以上の付き合いになる今の夫に、世話になることにした。

公正証書遺言を作成し、私は相続人たちに「私が書いたものができるだけ長く、広く読まれるようにしてほしい」と頼んだ。この願いに、法的効力は一切ない。相続人の意思どおりになるわけでもない。だから、この言葉は遺言には書かなかった。それでもやはり、公正証書遺言の原本を本棚にしまいながら、私はなんとなくもっと長生きできそうな、ともすれば、パンデミック後の時代にも生き残れそうな気がしたのだった。

チョン・ソヨン

日本の読者の皆さんへ

このエッセイを日本で刊行したいという提案をいただいたとき、とても嬉しかったことを覚えています。この本には、弁護士として、働く女性として目の当たりにした現実や経験した出来事、愛する人たちと共同体を築いて暮らしている一人の人間として、私が感じたことが綴られています。韓国と日本は、法制度、人権意識、政治・社会問題など似ている面が多く、文化的にも相通じるところがあると思います。ですから、この本に描かれていることが韓国社会のことであったとしても、日本と地続きの話として読んでいただけるのではないかと、日本の読者の皆さんと本を通してお会いできることを心待ちにしていました。

本書で取り上げた、非正規雇用やサービス業従事者が抱える困難、下請けや派遣という構造がもたらす社会問題と対立、職場での嫌がらせ（ワークハラスメント）、性差別などは、日本の労働現場でもよく見られる問題ではないでしょうか。働く女性として、フェミニストとして私が直面した現実についいて共感してくださる方も少なからずいらっしゃると思います。一方で、私が社会問題について、単に憤り、悶々とし、悲観しているだけのように見えるかもしれないという心配もあります。しかし、それよりもこの本で伝えたかったのは、私たちはより良い世の中、より平等な未来を目指せるのだという確信を幾度となく得たということ、そして、志を同じくする仲間や最前線で奮闘している同僚市民の姿を見ながら、勇気をもらい励まされたことのほうが、はるかに多かったということです。

同じように、日本の読者の皆さんがこの本をきっかけに身の回りで起きていることにこれまで以上に関心を持ち、「どこだろうとこんな問題があるのか」と悲観するのではなく、「どこだろうと自分と他者の問題を解決するために努力している人たちがいて、私たちは未来に向かって進んでいる」という希望を抱けることを願っています。そして、日本で同じ苦しみを抱え疎外されている周りの人々に手を差し伸べ、連帯できるなら、これ以上の喜びはありません。私たちは共に、絶えず声を上げ、お互いを思いやり、しっかりと手を携えて生きていけると信じています。

チョン・ソヨン

二〇二二年十二月　ソウル

『#発言する女性として生きるということ』（原題『世界の悪党から私を救う方法（세계의 악당으로부터 나를 구하는 법）』）は、弁護士、ＳＦ作家、翻訳家として多方面で活躍するチョン・ソヨンの初のエッセイ集として、二〇二一年十一月に韓国で刊行された。刊行に先んじて、同年七月から、エッセイの一部が出版社クオンのウェブマガジン〈クオンの本のたね〉の「発言する女性として生きるということ」というコーナーで翻訳連載されていたが、韓国での書籍化に合わせて同内容で日本語版を出すことになった。

チョン・ソヨンは、ソウル大学在学中にストーリーを担当したマンガ「宇宙流」が二〇〇五年の〈科学技術創作文芸〉公募で佳作を受賞したことをきっかけに、作家としてデビューした。小説執筆と併行して英米のフェミニズムＳＦ小説などの翻訳を手掛け、二〇一七年には他の作家とともに〈韓国ＳＦ作家連帯〉を発足させ初代代表に就任した。執筆活動の傍らロースクールで法を学び、マイノリティーの人権を守る弁護士としても活動している。

日本では、『となりのヨンヒさん』（吉川凪訳、集英社）、『最後のライオニ 韓国パンデミックSF小説集』（共著）（斎藤真理子・清水博之・古川綾子訳、河出書房新社）が翻訳出版されており、韓国SF界を牽引する作家の一人として注目されている。

本書は、労働、人権、ジェンダー、マイノリティー差別など、二〇一八年から二〇二一年にかけて韓国で話題になった社会問題に鋭い視点で切り込み、不条理な世の中に一石を投じている。

第一部には、韓国社会に蔓延する人権軽視と労働搾取の問題点、第二部には〝女性〟弁護士として著者が実際に経験した出来事とフェミニズムに関するテーマ、第三部には、翻訳家、そしてSF作家として、著者が国内外の古典や現代SF作品に寄せた訳者あとがきと解説が収録されている。

翻訳にあたっては、韓国社会の時事問題を扱っているだけに、日本では馴染みのない単語や用語はできるだけわかりやすい言葉に置き換え、韓国独特の制度や補足の説明が必要な箇所には訳注を付した。韓国の社会的背景を理解する一助になれば幸いだ。

第三部についても言い添えておきたい。この章では、韓国で出版された書籍が取り上げられており、日本では紹介されていない未邦訳作品も含まれている。しかし、著者のSF作家としての考察や想いが綴られている部分でもあるため、原書通り全編を収録することにした。今後、これらの作品が日本語でも読めるようになることを期待したい。

チョン・ソヨンは、SF作家として幻想の世界を描く傍ら、現実の世界では人権弁護士として、社会から弾き出された人々や追い詰められた人々の声を代弁している。日常で感じたモヤっとした瞬間、言葉にできずに呑み込んでしまった数多くの違和感、閉塞感を明確に言語化し、社会を蝕む〝悪党〟に堂々と「NO」を突きつける。本書の原題にある〝悪党〟について、著者は次のように語っている。

「共に生きようとしない人。自分の都合しか考えていない人。それが、私の考える悪党。もともと悪意を持って生きている人はそんなに多くはない。たいていは善良な人たちだと信じている。でも、〝共に〟生きようとしない人が問題だ。人は、自分の行いが他人にどのような影響を及ぼすか、そして、自分の見えないところ、自分が経験していないところで、なにが起きているのかを考えながら生きていかなければならないと思う。そういったことから積極的に目を背ける人、目を背けることを公然と誘導する人が、この世界の悪党ではないだろうか」

（雑誌『女性朝鮮』（二〇二一年四月）「壊れた世界と戦うM世代弁護士チョン・ソヨンの冷静と情熱のあいだ」インタビューより）

本書を訳しながら、「自分は悪党ではない」と思い込むことが一番危険かもしれないと感じずにはいられなかった。特に、本書のさまざまな場面で指摘されているステレオタイプな見方は、無自覚、無意識であることが多く、あからさまな暴力や差別でないだけに質《たち》が悪い。社会構造に組み込まれた差別の感覚が、潜在的に根付いているからだ。身につまされるエピソードに共感する一方で、自分も知らず知らずのうちに誰かを傷つけていたのではないかと考えさせられる。

どんなに痛ましい事件、話題になったニュースも、取り上げられるのは一瞬だ。いっときは関心を持って取り組んでいたことも、時が経てば風化して記憶から消えてしまう。でも、当事者は一生忘れない。その苦しみを抱えて生きていく。

自分とは無関係と思っていることは、いつ誰の身に降りかかるかわからない。それを他人事だと考えた瞬間、人と人のあいだには大きなひずみができる。そのひずみは、排除や分断へと発展する。この本は、そのひずみを匡《ただ》し、連帯を呼びかける。他者の人生に想像力を巡らせ、寄り添い、社会のあり方を考えることの大切さを訴える。

理不尽な世の中を認識するたびに、暗澹たる気持ちになり、虚無感と無気力に襲われるが、いつの時代も世の中を突き動かし変えてきたのは勇気ある声と行動だった。無関心、無批判でいることは楽だ。それでも、声を上げるべきこと、声を上げないと埋もれてしまうことについて、必ず、どこかで誰かが戦っている。世の中にはそういう人もいるだろう、どこかで頑張っている人がいるだろうと、ただ漠然と考えて過ごすより、このように、文字で、文章で、その人の信念、勇気に触れることができるのは、とても心強いことだと思う。
韓国社会の現状に切り込んだこのエッセイが胸に迫る理由は、社会の普遍的な深層に光を当てているからではないだろうか。ここに書かれていることは、現代を生きる私たちに突きつけられた課題であり、日本社会にも通底する問題でもある。同じような苦しみ、不安を抱えながら厳しい現実に立ち向かっている人は少なくないはずだ。
埋もれてしまった声、素通りされてしまった声を掬い上げ、世のあり方を問いかけるこの本が、遠い異国の話ではなく「私たちの話」として読まれることを、そして、これからの時代を共に生きるための希望になることを願う。

本書の出版に際し多くの方々のお力添えをいただきました。原稿を丁寧に確認してくださった川口恵子さん、翻訳にあたりさまざまな助言をくださった恩師のカン・バンファ先生、韓国文学翻訳院翻訳アカデミー・アトリエ課程の同期の皆さまに、この場をお借りして心から感謝申し上げます。

二〇二二年　秋

李聖和

著者・訳者略歴

チョン・ソヨン（鄭昭延）

ソウル大学で社会福祉学と哲学を専攻。大学在学中にストーリーを担当した漫画「宇宙流」が2005年の「科学技術創作文芸」で佳作を受賞し、作家としてのスタートを切った。小説の執筆と翻訳を並行する傍ら、延世大学法学専門大学院を卒業し、現在は弁護士としても活動している。〈韓国SF作家連帯〉初代代表。

訳書に『となりのヨンヒさん』（吉川凪訳、集英社）、「ミジョンの未定の箱」（『最後のライオニ　韓国パンデミックSF小説集』収、古川綾子訳、河出書房新社）がある。

Instagram　@sfwriterjeong

李聖和（イ・ソンファ）

大阪生まれ。関西大学法学部卒業後、会社勤務を経て韓国へ渡り韓国外国語大学通訳翻訳大学院修士課程修了。現在は企業内にて通訳・翻訳業務に従事。第二回「日本語で読みたい韓国の本翻訳コンクール」にて「静かな事件」で最優秀賞受賞。訳書に『静かな事件』（クオン）、『わたしの心が傷つかないように』（日本実業出版社）、『オリオンと林檎』（共訳／書肆侃侃房）など。

WELCOME TO THE WORLD OF K-BOOKS
K-BOOK PASS
05
ARRIVED

#発言《はつげん》する女性《じょせい》として生《い》きるということ

2023年3月8日　初版第1刷発行

著者　チョン・ソヨン（鄭昭延）

訳者　李聖和

編集　川口恵子

ブックデザイン　松岡里美（gocoro）

DTP　アロン デザイン

印刷　大盛印刷株式会社

発行人　永田金司　金承福

発行所　株式会社クオン

〒101-0051 東京都千代田区神田神保町1-7-3 三光堂ビル3階
電話：03-5244-5426　FAX：03-5244-5428
URL：http://www.cuon.jp/

ISBN 978-4-910214-44-3 C0098

K-BOOK PASSは“時差のない本の旅”を提案するシリーズです。
この一冊から小説、詩、エッセイなど、さまざまな
K-BOOKの世界を気軽にお楽しみください。